KB140553

옹알옹알
꽃들이 말을 걸고

사이펀 현대시인선 14

옹알옹알 꽃들이 말을 걸고

ⓒ 2022 김명옥

초판인쇄 | 2022년 10월 25일
초판발행 | 2022년 10월 31일

지 은 이 | 김명옥
기　　획 | 계간 '사이펀'
펴 낸 이 | 배재경
펴 낸 곳 | 도서출판 작가마을
등　　록 | 제 2002-000012호
주　　소 | 부산광역시 중구 대청로 141번길 15-1 대륙빌딩 301호
　　　　　T. 051)248-4145, 2598　F. 051)248-0723　E. seepoet@hanmail.net

ISBN 979-11-5606-201-1　03810　정가 10,000원

※ 본 도서는 2022년 부산광역시,부산문화재단 '부산문화예술지원사업'으로 지원을 받았습니다.

사이펀 현대시인선 ⑭

옹알옹알
꽃들이 말을 걸고

김명옥 시집

도서출판
작가마을

개미가 제 몸집보다 큰 벚꽃잎 한 장 물고 간다.
부지런히 온 힘을 다하여 길을 가는데
밖으로 삐져나온 나무뿌리에 걸리고
울퉁불퉁한 큰 자갈돌 앞에서 멈춘다.
놀란 가슴 쓸어내리며 쉬고 있는 사이
물고 있던 연분홍 벚꽃잎이 바람에 날아간다.

이제 다정한 세계 속으로 끝없이 걸어가리라.
포기하지 않고
천천히
울림의 문장을 끌고서

2022년 가을
정안 김명옥

김명옥 시집

• 차례

• 차례

사
이
펀
현
대
시
인
선

⑭

4부

siphon

사이편
현대시인선
14

옹알옹알
꽃들이 말을 걸고

김명옥

제1부

구구소한도 九九消寒圖

붓을 들고 팔레트 속 연분홍 물감을 찍는다
텅 빈 꽃잎 테두리 따라 쓱싹쓱싹 채우니
한 송이 매화가 눈을 뜬다
동지부터 9일마다 점차 누그러져
9번째 되는 날 추위 풀리리라
행인도 길 멈추고
둥글어져라, 모난 마음 궁굴리며 색칠하면
점점 공기가 발랄해진다
담장을 휘감은 긴 무명천에 핀
생기있는 꽃잎들 미풍에 살랑거리면
멀리서 나비떼 징검다리를 건너온다
구구소한도 완성될 무렵
아련한 매화 향기 타고
집청전 정자 아래 푸른 물소리 점점 커진다
머지않아 고운 꽃잎이 별처럼 흘러 내려와
젖은 발목 죄다 깨워 둥근 세상으로 나아가리라
암각화에 새겨진 육중한 고래 한 마리 꼬리치며
네 마음 헤엄쳐 다니면
옛다, 청아함 담뿍 받아가거라

빵집을 그냥 통과하는 법

백화점 입구에서 빵을 굽고 있어요

시식용이라는 팻말 앞 군침이 돌았어요
잘 구워진 욕망의 조각들이 혀를 잡아당겨요
슈크림, 머핀, 크루아상, 베이글, 브라우니……
당신의 취향을 존중해요
입속에 고인 단맛을 모른 척 그냥 지나쳤어요

에스컬레이터를 사뿐히 내려선 오늘이 두리번거리네요
하늘거리는 원피스를 걸친 늘씬한 마네킹이 웃고 있어요
네 옷차림이 뭐니, 마네킹이 따라오며 속삭였어요
이벤트 홀은 사계절 내내 이벤트를 벌이는데
그럼 나의 이벤트는 무엇인지
당신의 이벤트 속으로 나를 구겨 넣을 수 있는 건지

잼을 머리에 뒤집어쓰고, 어깨에 걸치고, 발을 집어넣고
모델은 거울 밖으로 나오고 싶지 않아요

아직도 백화점 출구에서 빵을 굽고 있어요
지금 위험한 순간이에요

마네킹이 내 목덜미를 잡아당겨요
오늘 밤 꿈속에서 하늘거리는 원피스를 입을 거예요

눈을 감아도 빵 굽는 냄새가 오래도록 진동하지요

스크루는 달리고 싶다

스크루 프로펠러가 시멘트 바닥에 누워 있다
푸른 길을 헤치며 몸을 회전하던
무수한 소용돌이 속을 빠져나온 용감한 전사의 병상

날개깃이 한 바퀴 움직일 때마다
굽이치던 파도가 떨어져 나간다
혹등고래가 꼬리지느러미를 흔들며 솟구쳐 오르고
한때의 환호성은 망원경을 빠져나간다
연신 물보라 일으키며 달려왔지만
지나온 흔적을 덮어버리는 속 깊은 바다

밀려오는 오늘의 과제가 뒤집힌다
스크루 프로펠러가 누군가 애타게 부르는
고함은 파도 소리에 묻힌다
오래된 청동의 무게가 휘청거리고
사정없이 흔들어대던 시간이 덕지덕지 붙어 있다
숨고 싶던 밀어내고 싶던 휘감기던 냉정한
흩어지는 물결마다 흩어지는 표정
회전수가 빨라질수록 그늘진 굴곡의 마디
거친 바다의 기억을 고스란히 안고 쉬고 있다

〉
아득한 수평선을 향해
다시 바다를 끼고 달리고 싶다
영도 깡깡이마을 골목을 지나
기울어진 생을 잠시 수선 중이라는 모스부호가 타전된다

붉은머리오목눈이의 편지

평온한 일상은 깨어졌어. 노랑부리저어새의 출현으로 겨울철 쥐똥나무 열매처럼 나는 쪼그라들었지. 긴 주걱 모양의 부리 끝 노란색이 반짝이고 뒷덜미엔 갈기 장식을 단 채 한쪽 발로 서 있는 모습은 압권이었어. 손가락 한 뼘도 안 되는 내 몸집은 무성한 나뭇잎에 가려서 잘 보이지도 않지. 이 숲은 적들이 곳곳에 도사리고 있어. 언제 누룩뱀이 소중한 보금자리를 삼킬지 몰라. 오, 나의 새끼들이여, 희망이여, 얄미운 뻐꾸기가 탁란을 한 채 사라진 날의 아득함이여, 내가 말문을 닫자 숲은 적막 속으로 빠져버렸어. 숲의 요정이 우울한 표정의 나를 찾아왔어. 넌, 이 숲의 배경음악이야. 힘을 내! 어머, 깜빡 잊었네. 내가 이 숲을 지키는 텃새라는 걸……그래, 노랑부리저어새야 잘 지내다 가렴. 여러분 제가 보고 싶으면 여기로 놀러 오세요. 새들의 낙원 을숙도를 찾아오세요. 철 따라 손님은 바뀌지만 저 뱁새는 언제까지나 기다릴게요. 안녕.

램프 증후군

종아리에 쥐가 사나봐요 수시로 새벽 되면 나타나요 나무토막처럼 마음도 뻣뻣해져요 검색창을 두드려요 하지정맥류라는 병원 광고가 튀어나왔어요 또 마취를 해야 하나요 마음대로 되지 않는 나를 지켜봐야 하나요 약국 유리문은 마그네슘을 내미네요 순환이 되지 않으면 물구나무서기를 할까요 물이 부족하니 컵이 바쁠 수 있겠어요 낮에는 잘 보이지 않아요 탄자니아 하자베족을 불러 사냥을 부탁해야겠어요 그냥 아파트 정원을 돌아다니는 얼룩 고양이를 부를까요 소문이 나면 사람들이 연락을 안할 지도 몰라요 난처한 상황을 만들고 싶지 않을 거니까요 조마조마한 밤을 덮고 누웠어요 침대가 수술실 복도를 지나네요 조그만 쥐 한 마리 쪼르르 달려가네요 형광등이 흔들려요 검은 마우스가 화면 속 초록숲으로 사라졌어요

말 달리다

아이는 말을 타고 나는 책을 읽네

달리는 말과 호흡을 맞추고
화석이 된 말과 기운을 맞추네

안장 위에서 세계를 읽고
행간 사이에서 우주를 보네

초록이 아이를 따라오고 나는 초록을 탐색하는 중

이랴 이랴 어둠 속 갈기 휘날리며
날뛰는 고삐 바투 잡고
천둥소리 밟으며 담대하게 달려가네

품고 있던 말은 덤비는 말과의 전투로
용감하게 살아남은 말의 꼬리
비법 노트에 기록하네

달리고 달리다 보면 거룩한 저녁이 오는 중

평보에서 속보로 박차를 가하고
구름에 끼인 페이지는 당분간 머뭇거리네

지평선에 걸린 무지개에 닿기 위해
말발굽 소리 요란하게 쏟아지면
책 속 주인공은 책 밖으로 걸어 나와
다정하게 내 어깨를 감싸네

클래식 수업

너를 이해하기 위해
금요일마다 베토벤을 만나기로 했어

붉은 베고니아 돌 화분을 지나며
이제 지루함을 벗고 우아함을 껴입을 거라 중얼거렸어

숭어는 재빠르게 건반 위를 튀어 오르고
활과 현은 연인의 부드러운 숨결처럼 움직이는데
앞에 앉은 남자는 끄떡끄떡 졸고 있고
수업 내내 한 번의 웃음도 터지지 않았어

고통받는 친구의 침대가
비둘기가 되어 날아가고
먹이 찾느라 분주한 개미와 걷다가
결국 산책을 포기하고
돌아온 오후가 자꾸 아른거렸어

가방 속에서 머리가 둥근
콩나물이 주르르 쏟아져 내렸어

첫 비행

허공이 팽팽해진다
유리알 같은 눈동자가 심하게 흔들린다

꽁지 아래 날름거리는 뱀의 혓바닥
언제 들이닥칠지 모를 맹금류의 공격
순식간에 영혼을 얼어붙게 만든다지

그냥 흐름을 타면 된다는데
아직 해독하지 못한 바람의 선율 들여다본다
다정한 나무와 나무 사이를 지나
깊은 협곡 너머 미지의 세계는 얼마나 아름다운 것인지

어깨 힘을 빼고 두 날개로 바람을 꼭 껴안는다
첫 비행 날갯짓 소리 공기를 조율한다
깃털의 파동이 우주를 움직이고
무수한 출구가 열린다
점점 벅차오르는 저 문들

쏟아지는 환호성이 기상 알람으로 재생된다

꽃 자판기

어둠 속에서 어둠을 걷어내고 싶은
더 이상 피지 않는 꽃들의 방
점점 커지는 발자국 소리에 누운 자세 바꿔본다
누군가에게 희망이 되고
설렘의 대상이 된다는 근사한 소망이 줄을 선다
절대 애정은 시들지 않는 거
격려는 변함없는 진심이 담겨야 하는 거
지루한 강연은 오늘도 계속 진행 중이다

아직 읽지 못한 마음 꽃잎에 새기며
바스락거리는 그림자 추스르는 소리
고백과 축하는 환희의 계단을 두드린다
쪽문이 열릴 때마다
꽃을 받아들고 환하게 웃는 모습이 보인다
너에게로 가는 길 한 모퉁이
앞에 서면 마냥 두근거리는 강철로 만든 작은 집
겹겹의 포장 속 찾아가는 길 향기롭다

창문과의 인터뷰

그곳에 뭐가 보입니까
고래도 호랑이도 보이지 않는다구요
그럼 노을이 산 능선 따라 모노레일을 타고 오나요
자동차가 지저귀나요
새는 달려 가나요

요즘 집값은 창문의 높이와 방향이 좌우하죠
영문도 모르고 달리는 초원의 사슴처럼
부동산이 달린다기에
신축공사장 창문을 바라보다 목이 빠지고
하늘에서 동아줄이라도 내려오면 타고 올라가 보는
사람이 속출한다는 소문이 있지요

음 그럼 햇빛은 매일 놀러 오나요
저층이라 구경해 본 적 없다구요
애고 제가 심기를 건드린 것은 아닌지요
마지막으로 하고 싶은 말은 무엇이죠
별 조망 없는 창문이지만
사라지면 곧 그리워 벽을 물어뜯을지도 몰라요

보도블록 공사 중

내가 간신히 버티는 만큼 넌 지치지는 말아줘

표정이 심각하다며 포클레인을 부른다
오롯이 맨몸으로 시간의 무게를 견디며
욱신거리던 보도블록이 파헤쳐진다

사람들이 지나가고 카트가 끌려가고

힘든 길 모난 길도 돌아보면 소중한 추억
관성처럼 그냥 저항하지 않는
제 몸에 아로새긴 문장이 꿈틀거린다

아귀를 맞추던 초록 물결무늬 보도블록
한때 파도처럼 출렁거렸지만
다른 소음으로 묻혀버린 날들을 갈아 끼운다

깨지고 금이 간 점자블록은
더듬거리는 지팡이의 눈동자를 깨웠을까

이제 백색과 흑색의 블록이 어깨를 겨눈다

흑백시대의 모눈종이가 쫙 깔린다

사람들이 지나가고 카트가 끌려가고

보도블록 한가운데 노란색 블록이 촘촘하게 줄을 선다
경적과 비명 사이 엉거주춤 서 있는
꽃 댕강 향기 은은하게 번지는 오후
새로운 비상구가 뚜벅뚜벅 오고 있다

설렘 주의보

아기오리 가족이 설렘 쿠폰을 나눠주고 있어요
달력의 배경색이 바뀔 때마다 희망을 그려 넣지요
새싹이 돋기 전부터 설레지 않았나요
당신의 물살은 안녕하신가요
식구가 늘어났으니 파문이 넓어지겠지요
흐르는 온천천 물소리 재즈음악 같이 가볍네요
받을까 말까 망설이는 걸음은 여백을 몰라요
좁다란 천변 산책길이 웅성거리네요
설렘주의보 속에 든 미소가 윤슬처럼 반짝거려요
운동기구들이 허공을 휘젓고 있어요
설렘은 전파력이 있지요
맞은편 담장벽화 얼룩말 피아노 건반이 움직여요
그 음악에 맞추어 몸은 박자감을 타지요
축 처져 있던 대나무잎 덩달아 춤추네요
얼룩말이 신나서 속도를 내요
오늘의 무대에 처음 온 당신을 응원해요
따르릉, 두 바퀴가 아침을 싣고 달려요

무인 계산대

당신의 표정을 읽을 수 없군요
늘 그렇듯 진심은 가려지고
격려는 주춤거리지요
찢어진 바코드는 호명되지 않는 이름
나는 아삭아삭한 열무예요
계산대에서 소리쳐 보아도
도통 모르겠다며 화면이 정지되었어요
물김치가 적당히 익으면 숟가락이 줄을 서요
내가 얼마나 괜찮은 존재인지
알아주지 못하는 상대가 답답해졌어요
입안에서 말은 맴도는데
시간은 자꾸 흘러가고
채 털어내지 못한 흙을 단점으로 기록하는
당신은 너무 계산적이네요

가느다란 흰 뿌리 붙잡고 지은 초록의 집 한 채
척, 누군가 문고리를 열고 들어오네요

프리솔로* 등반

쫄깃한 심장을 선물하기 좋은 날
서슬 푸른 절벽과 여행을 떠난다
날아가는 새의 목젖을 빠져나온 바람 휘감고
격렬한 삶의 균형을 저울질한다
경사가 급할수록 중심은 천천히 이동해야 해
비밀의 정원 꽃잎이 흠뻑 젖는다

뾰족한 그녀가 굳게 닫힌 창문을 열어 줄까
핸드홀드가 간당간당 빈틈을 노리는
오늘의 애인은 너무 무정하지만
쉽게 돌아설 수 없는 마력에 빠져
단련된 불안 새털구름에 끼워 넣는다

경외감으로 차오른 눈동자를 선물하기 좋은 날
거친 호흡이 호흡을 끌고 간다
우리가 다정하게 교감하려면
내 안에 돋아난 각을 지워야 해
때론 작은 틈새가 고마운 숨길이 된다

마음 얻지 못해 대롱대롱 매달린 나날들

불의 화살 꽂고 물의 채찍 맞으며
미지의 경계를 허무는 혼신의 전진
자칫 방심하다 꼭짓점 놓친 비명 줍기 전에

＊헬멧과 로프도 없이 맨몸으로 하는 암벽 등반

바라만 보아도

요술 상자를 선물 받으러 가는 길 나무가 나무를 업고 가고 나는 나를 업고 가지요 명징한 새소리가 문어발처럼 연결된 걱정코드를 잘라요 가까운 정자에서 팬플릇연주가 끌어당겨요 철새는 날아가고, 활력 넘치던 날도 날아갔어요 요술 상자에는 넉넉한 산, 윤슬을 미끄럼 타는 흰뺨검둥오리, 거꾸로 선 나무를 품에 안은 뭉게구름, 별을 입에 문 백로, 연녹색의 오랜 고요가 담기지요

바닥이 드러난 호수에 인공눈물을 주입해요 나의 요술 상자는 예전에 많은 것을 담으려고 눈썹을 치켜올렸지만 이제 제대로 작동하지 않아요 매일 태어나는 안약이 모인 호수를 노 저어 가야해요 맞은편 기슭에 벗어둔 빨간 구두는 언제 신을 수 있을까요 보이는 것과 보이지 않는 것의 크기를 조절해요 조화롭게 섞는 기술은 어려워요 한때 뚜껑을 여닫을 때마다 흘러내리던 당신은 물수제비로 번져가요

뚱뚱보 서재

그를 놓아버리고 싶은데 그가 나를 놓지 않는다 아니 실은 그가 나를 놓아버릴까 봐 눈치를 본다 이제 사랑이 식었다고 징징거리는 소리를 받아 쓴다 한없이 크고 넓고 깊은 마음을 감히 따라갈 수 없다 나는 보기와 다르게 4월의 제비꽃처럼 여리고 온화하고 둥글다 그는 자주 나를 부른다 신선한 질문에 걸려 넘어지는 경우도 있다 이를테면 한때 마음을 주고받았던 친구는 왜 연락을 끊은 걸까 글쎄 호감지수가 하락한 걸까 지루한 서사를 벗어나고 싶은 걸까 아직 꿈속에서 만나고 있으니 언제든지 발걸음을 맞춰 갈 수 있는데… 그를 끌어안고 자다가 놀라서 내 취향이 아니라고 매몰차게 돌아선 적 있다 언젠가 그의 이름을 나직이 부를 수도 있어 연락처에서 지우지 못한다 새로운 그가 문을 두드린다 가슴이 콩닥거린다 수많은 그가 나를 기다린다 점점 서재가 뚱뚱해진다

곶자왈, 길을 내다

빨간색 기차를 타고 숲의 혈관으로 들어간다
무량겁을 헤엄쳐 나온 초록이 초록을 부른다
몸속으로 한없이 길어 올린다.
입에서 짙은 나무 냄새가 난다
호수를 가로지르는 다리를 건너가든
오솔길을 호젓이 걸어가든
결국은 합쳐진다는 표지판이 푸근하다

주제가 다른 네 개의 역으로 흘러간다
평탄한 길이 열리면 힘차게 달리는 거
아름다운 길을 만나면 애써 버티는 거
정거장마다 표정들 서성인다
막 지나온 길이 가장 낭만 무성한 곳은 아닌지
무지갯빛 낮은 집 고개 숙이고 들어가면
지나온 유년의 기억이 불쑥 뒷덜미를 잡는다

차창 너머 나무로 만든 말이 곧 달려나갈 기세이다
다음 역의 배경은 무엇인지
길보다 먼저 마음이 길을 연다
저토록 풋풋한 시절 속으로 끌려간다

종착역으로 가기 전

전망대에서 오래도록 라벤더 향기를 품는다

꽃눈 편지

나무는 공중에서 편지를 쓴다
얼어붙은 뿌리가 날아오르는 새가 되고
새는 너의 따뜻한 말을 불러 모은다
칼바람과 폭설에도 포기하지 않고
터지려는 울음으로 꾹꾹 빛나는 문장을 다듬는다
스테인드글라스 안 파이프오르간 소리에 뭉클하고
진심 담긴 무대에 기립박수가 쏟아진다
빨리 마음 열지 않는다고 안달하는 너에게
쉽게 얻어지는 건 금방 흩어져버린다며
굳은 마음 놓칠까 봐 겹겹이 동여맨 비장함의 결기
작은 울림에도 얼어붙은 뿌리가 들썩거린다
프리다 칼로*의 마지막 그림에 새겨진
비바라비다가 울려 퍼진다
수많은 역경의 파도를 넘어왔지만
그래도 인생 예찬의 깃발을 꽂은
장엄한 삶의 곡절에 자세를 가다듬는다
서서히 기쁨이 차오르는 넓은 세계를 향한
머지않아 너에게 꽃문이 열린다

* 멕시코 여성화가

제2부

타로, 절제

산등성이에 앉아 구름 샌드위치를 먹어요
부드러운 맛인가 하면 어느새 세찬 비가 파고들어요
흐르는 시냇물에 슬쩍 한쪽 발을 넣어보아요
아직 물살은 냉정해요
협곡을 지나 무사히 정상에 도달할 수 있을지요
점점 훈풍 불어오면 온기가 퍼질 거예요
욕망과 윤리의 시소는 어디로 기울어질까요
노천카페 앞 둥근 파라솔의 균형을 맞추어요
오른쪽에 담긴 물을 왼쪽으로 옮기며 온도를 조절해요
수호천사 미카엘이 날개 펼치고
너와 나를 화해시키려 해요
조절되지 않는 분노의 꼭짓점에서 미끄러져 내려와요
뒤집히려는 나를 붙잡아줘요
그림 속 아이리스에 앉은 나비가 날갯짓하고 있어요
오랫동안 경청만 하다가
영원히 마이크를 놓칠지도 몰라요
어제와 타협한 오늘이 고요를 가장한 채
삐딱한 사람들 심장을 어루만지고 있어요

타로, 해

오늘이 막 도착했어요

천진난만한 아이가 말을 타고 달려요
사과가 익어가는 과수원을 지나
넓은 초원에 꼭 껴안은 해를 풀어놓아요
나무들은 왁자지껄 광합성을 하고
거미는 멋진 집을 짓지요

세상의 창문들 모두 그리움에 빠져
목을 빼고 기다리네요

산책길에 영원한 벗이 되어줄래요
해바라기가 된 노인들이 천천히 걸어가요

낙담하는 이의 정수리마다
타오르는 정열을 꽂아주세요

그냥 긍정적으로 생각해

꼭 잠긴 마음의 꼭지를 열면

감사의 말씀이 쏟아져내리지요

내 안에 둥근 해를 품어야
가시 박힌 훌라후프를 돌릴 수 있어요

마음을 고쳐먹으니 해 볼 일이 많아지겠죠
우리 같이 해, 볼까요

타로, 거꾸로 매달린

비명이 찍힌 벽을 허물어야 해
자꾸 돋아나는 난처한 상황에
무작정 숲을 끌고 갔어
미로 같은 나뭇가지 끝을 따라가 보면
문 활짝 연 하늘 한 귀퉁이 초록 깃발 나부끼고 있어
거기에 발걸음 매달고
지금은 걸어온 모든 길을 뒤집어 보는 시간

멀리 텅 빈 평원을 불러들여야 해
무수한 떨림을 경이로운 시선으로 받아쓰며
갈래갈래 흩어지는 생각의 미궁 헤치고 나와
맑은 종소리를 타고 아침이면 동쪽에 당도하지

다 내려놓은 나무가 껌뻑껌뻑 실눈을 뜨려고 해
피콜로 선율인가 새 소리인가
나의 반성이 너의 사소한 표정을 바꿀 수 있어
무언극 배우가 낑낑대며 들고나온 묵직한 가방에서
풍선 한 개 종종걸음으로 나오는 순간의 반전
먼 후일 근사한 무용담이 풀려나올지 몰라
노랑 풍선의 끝을 잡고 날아오르면 내일이 보일 거야

타로, 바보

낭떠러지가 도착했어요
심각한 표정은 사양할게요
정답이 없는 보따리를 어깨에 맨 채
시선은 하늘로 향하지오
넘어야 할 설산 첩첩산중 버티지만
반려견이 꼬리 흔들며 동행해 준다면
어떤 협곡도 무섭지 않아요
시간에 쫓기는 자들이 자꾸 뒤를 돌아보는 사이
손가락 끝에 하얀 꽃을 피우며
나의 여행은 매일 새로운 역사를 쓰지요
누군가 키득거리며 뒷담화를 쏟아내어도
생각은 단순하게 외모는 화려하게
흔들리지 않고 나의 길을 가겠어요
보따리 속 구름이 폭우가 되고 번개가 되어
깜짝 놀라게 할 수도 있어요
오른쪽이 뭉개지면 왼쪽은 남아있을 거예요
당신이 나를 인정하지 않아도 슬퍼하지 않아요
늘 같은 표정으로 태양을 맞이할게요

타로, 운명의 수레바퀴

어깨 벌어진 은행나무를 만난 건 행운이었어
어지럼증으로 울렁이던 그때
딱 내 앞에 나타나 주었지

수직으로 잠수하는 물오리를 본 건 깨우침이었어
달아나 버린 평온을 찾으러 나선 길
눌러앉은 슬픔에 매몰되지 말라는 신호였지

지팡이의 방향을 바꿔준 건 운명이었어
경적에 갇혀 우왕좌왕하던
시각장애인의 눈동자 속을 오래 걸었지

호주머니 안 눈물을 만지작거리거나
보풀처럼 흩날려 날아가는 웃음의 꼬리에 매달리거나
운명의 수레바퀴는 끊임없이 오늘을 돌리고 있어
해피엔딩을 꿈꾸며
표정을 바꾸는 동안
나이테는 숨차고 뜨거움이 왈칵 솟구쳐오르지

현관 앞 기도를 매다는 순간마다

나에게 격려의 메시지 날리며

가방에 담긴 노래는 언젠가 들을 수 있을 걸

타로, 교황

두 개의 기둥 사이에 앉은 왕관이 빛납니다
조급한 사제들이 친절한 길을 문의하자
시간을 묻지 않는 자연처럼
부드러운 말씨로 질서를 지키라고 합니다

붉은 양탄자 위 열쇠로
내면의 문을 여는 사람들이 줄 섭니다

멀리서 바라만 보아도
신성한 기운이 전신을 휘감는 전율
나의 영혼 속으로 당신을 초대합니다

오래된 생각이 반드시 옳은 것은 아니라며
그토록 무서웠던 죄를 바닥에 가볍게 내려놓습니다

도덕과 규율이 인도하는 나침반은 지루해서
삶의 비밀이 하나씩 쌓입니다

당신은 지구 반대쪽에 계셔도
순식간 내 앞에 닿습니다

〉
힘들게 지나온 시공간을 넘어
아슬한 접점에서 간절히 호명하면
평온한 미래가 창틀을 흔들고 있습니다

타로, 마법사

머리 위 메비우스띠가 돌아가고 있어
정원에는 장미와 백합 향기 진하게 번져가는 동안
붉은 망토 걸친 채
우주의 4원소를 배열하면
세상이라는 거대한 탁자 자주 출렁거렸지

훌륭한 현자가 되기 위해선
먼 길 돌아온 나그네 가슴에 굽이치는
잔물결 소리 듣는 것

너는 너무 많은 컵을 가지고 있어
그 물속에서 허우적거릴 수 있으니 조심하라구

하늘로 향한 지팡이를 툭툭 치면 번개가 달려오고
그 찰나의 사랑에 오래도록 영혼을 가두는
불확실한 약속이 담긴 컵이 성벽처럼 쌓이고 있어

운명을 알고 싶으면 이슬방울 속으로 들어가
적막의 소리 듣는 것

자신의 꼬리를 먹으며 자라는 우로보로스뱀처럼
시작도 끝도 없이 돌고 돌아가는
무한한 우주 속에 잠기는데

내 힘으로 어쩔 수 없을 때
괜찮아, 괜찮아, 마법을 걸어보는 그런 날의 위로
알 수 없는 신비감이 나를 뒤집어쓰네

내 귀에 매미가 산다

여름 지나도 우렁찬 소리 그칠 줄 모른다
어쩌다 이곳에 거처를 정했을까
낮에는 친구 삼아 지내지만
밤에는 그의 존재감 너무 커
어둠 밖 달콤한 잠이 서성인다
귀를 막아도 선연한 노래 무조건 경청하라는데
딴생각에 빠져 그의 말 흘려보낸다

치열한 생의 가락 속 튕겨 나온 파열음
이리도 절절하게 길었나
괜찮지 않은 날을 진열하는 사이
마음 곳간에 숨어있던 한숨들의 합창인가
내 귀에 사는 매미가 한껏 목청 돋우며
한 번도 뜨거워지지 않았다고
뜨거워질 수 있다는 걸 증명하려
너무 애쓰지 말란다

그의 완창을 기다리며
신선한 오늘이 무성한 음표를 공중에 건다

그늘막

한여름 건널목에 대형 파라솔이 펼쳐진다
청신호가 오는 동안 둥근 그늘막은 천국이다
오전 9시의 생각이 시소를 끌어 올리고
정오의 생각은 쿵, 바닥을 친다
숨이 턱 막히는 열기를 피해
모자 그늘 밑에 숨은 사람
태양을 얹은 안전모는 쉴 새 없이 비지땀을 퍼올린다

TV를 들어낸 자리에
나무가 그려진 벽지를 바른다
자고 일어날 때마다 잎이 무성해진다
나뭇잎이 바람에 흔들린다
그늘이 점점 넓어진다
널뛰는 생각과 생각 사이
가끔 그 숲 그늘에서 잠을 잔다

치열한 생애 거침없이 직진하다가
늘그막에 잠시 멈추라고 시간의 그늘막을 편다

나비잠

아랫집에서 물이 샌다고 했다

욕실 문짝은 샛강에서 건져 올렸는지
한쪽이 퉁퉁 불어 있었다
살짝 부풀어 오른 벽지를 타고
얼룩 고양이 한 마리 지나가고

무조건 위층 책임이라는 여자의 말은
사각 액자 속으로 흘러 들어가
과일바구니를 이고 있는 여인의 입이 삐뚤하다
곧 푸른 사과들이 흘러내릴 것이다

채 익지 않은 표정으로 납작하게 몸을 엎드리며
매력적인 눈썹을 잃어버린다

미끈한 타일로 마감된 욕실을 뒤집어엎기 전
내가 공중에서 뒤집힌다
이야기 타래가 꼬이며 협상은 중간에서 주저앉고
쏟아지는 달변 밖에서
눈물샘이 아슬하게 누수를 억누른다

〉
길을 제대로 찾지 못한 채
자꾸 다른 방향으로 흘러가지 않았는지
생의 반성문을 쓰는 동안
나비잠에 빠진 아기 사진이 막 전송된다

물의 정원

천년 된 마을이 물 위에 떠 있다
백련지에서 홍련지로 가려는
징검다리는 많은 그림자를 보관하고 있다
까딱 잘못하면 어둠이 쏟아질지 모른다며 수군거린다
진흙은 보채는 물의 정령을 다독거려
숭고한 꽃잎이 탄생하는 동안 기운을 한데 모은다
찰방거리는 물소리들이 세간의 소음 속에 숨는다
영웅의 자리를 탐내는 초조한 시선들
어떤 빛깔로 사로 잡을까
이슬에 비친 눈동자를 열고 깨끗한 말 골라 밀어 넣는다

저마다 문 여는 시기를 비밀에 부치는데
그늘막 초록잎 바투 잡은 입술들 자주 부르튼다
밤이면 물에 뜬 별무리를 딛고
꽃들이 고요한 달빛과 함께 산책하는 시간
뜨거운 참선에서 깨어난 맑은 숨소리 그윽하다
그리운 안부가 허공의 잠을 갉아먹으면
창문에 구멍을 내고 까치발을 세워본다
어느 분이 다녀간 것일까
숭숭 뚫린 생각의 뿌리들 주렁주렁 매달린다

지느러미가 자라는 밤

물과 친해지려고 아쿠아로빅을 시작했어
생존 수영부터 해야지, 하는 응답에
물의 공포가 목을 조른다
반짝 세일이라는 긴 줄 끝 코다리 한 팩을 안는다
황금 레시피를 검색하며
토막 난 코다리의 지느러미를 가위로 자른다
싹둑, 물살의 저항에 휘청이며
솟구치는 파도의 진동 속에서 균형을 맞춘다
어느 방향으로 가야 잘 흘러가는 걸까

너와 친해지려고 관심을 가지기 시작했어
잡힐 듯 말 듯
물고기처럼 날렵하게 달아나는
너를 향해 헤엄치다 수없이 가라앉는다
잠이 오지 않는 밤
지느러미는 점점 늘어나고
깊이를 알 수 없는 바다 같은
너를 힘껏 껴안기 위해 끝없이 유영한다

알레르기

새로운 친구가 생겼다
낯가림이 심해 쭈빗쭈빗 관심주지 않는데
시간 가리지 않고 불쑥불쑥 찾아와 같이 놀자고 한다
어린아이처럼 질척거리며 매달리니
그의 손을 차마 뿌리칠 수 없다

일상이 누군가에 의해 조종당한다는 것
참을 수 없는 일이지만
참을 수밖에 없는 때가 있다
그와 절교하는 방법을 검색하지만
속 시원한 해답은 찾을 수 없다

그가 수시로 간지럼을 태우는데
나는 웃음 대신 애를 태운다
작은 떨림이 폭력이 되는 공허한 날을 뒤적인다
그가 오는 낌새를 느낀다
각본에 없던 애정 공세가 두려워진다
아직 그의 세계관을 파악 중이다
감춰진 꼬리는 어디에 있을까

뒷담화

그림책 속에서 흘러나온 새소리입니까
불친절했던 그의 평점이 별 5개 만점에 4개입니까
주변에 웃자라는 혀를 괄호 밖으로 밀어냅니까
출연할 주인공 순서는 모릅니까
도무지 불안해서 자리를 뜰 수 없습니까
구름 뒤에서 수군거리는 바람입니까
둘러앉은 입들은 기준을 무사히 통과합니까
난상토론의 끝은 빈 접시입니까
몇 개의 삽자루가 필요합니까
지금 어느 뒷담에서 꽃송이가 피어납니까
언제 그 독한 향기가 제게 배달됩니까

물의 도시

극적으로 당신 손을 잡았는데
교과서에서 보았던 찬란한 물의 도시인데
백년 만에 홍수로 잠기는데
도도한 명품들이 물에 젖는데
화장실 표지판은 보이지 않는데
빵집의 냄새가 흘러나오는데
구멍 난 비닐 장화는 철벅거리는데
비옷은 너덜거리는데
넘치는 사람은 경계할 대상이라는데
찢어진 무릎을 지나 허벅지로
점점 수위가 차오르는데
곤돌라 뱃사공의 음표는 뒤집어지는데
흙탕 바닷물이 쓰레기를 안고 출렁거리는데
부푼 여행 가방을 머리에 인 관광객들이 뒤뚱거리는데
날아오르는 갈매기의 깃털을 잡아당기는데
역에 도착하기 전 열차가 떠나지 않아야 하는데
뎅뎅, 첨탑 꼭대기 가브리엘 천사가 종을 울리는데
간신히 당신 손을 잡기는 했는데

아보카도와 여행하기

그만 럭비공처럼 또르르 굴러간다
신선한 아보카도를 고르다가 놓쳐
오렌지가 산더미로 쌓인 진열대 밑으로 사라진
아무리 허리를 접어도 보이지 않는
삶도 사랑도 예측할 수 없는 곳으로 굴러갔지
모든 이별은 만질 수 없어
마침 나타난 과일 매니저에게 고백하고
카트를 끌고 돌아서는데
청록색 단단한 아보카도가 나를 따라온다
적당한 때를 기다려야 한다고
모든 건 변한다고
난 자꾸만 당신을 만져보고 싶어
튼실한 나무 색깔을 닮아가며 점점 말랑말랑해지는데
부드러움은 소통의 청신호
당신을 자꾸 끌어당기던 때가 흘러내렸어
조급해진 내가 벗어난 일상 속으로 돌아가고
퇴색한 사랑이 어느 순간 죽처럼 뭉개졌어
달콤하지도 상큼하지도 않은 하루가 접시 위 평온하다

무명無名의 세계

검은 비닐봉지가 공중으로 날아오른다
조금 전까지 무슨 생각에서 빠져 나와
저리 자유의 몸이 된 것일까
주문한 시폰 블라우스가 도착하기 전
비가 먼저 도착해
벚꽃을 데리고 떠났다

갈색 직박구리 동백꽃 꿀을 쪼아 먹더니
부리에 꽃밥 잔뜩 묻힌 채 날아가자
윤기 나는 까만 털 고양이 울음소리
시든 붉은 꽃잎을 밟고 어슬렁거린다

따뜻한 기록은 빨리 지워지고
건조한 바람 속을 걷는 오후
인공눈물은 자주 도시를 잠기게 한다

어느 모퉁이에서 노래가 흘러나올까
마음을 움직여 보려고 추천 메뉴를 누르자
뮤지컬 무대 막간 어둠 속
대형 조형물을 옮기는 무수한 손들

가장 지워지지 않는 장면 품고 집으로 향하는데
손가락 사이 흔들리는
검은 비닐봉지가 별빛을 타고 날아오른다

질주의 중심

그가 한뎃잠을 잔다
아파트 단지를 산책하던 중
멈칫 발걸음을 멈춘다

벤치 위에 길게 누운 남자
아차, 하는 순간 죽음의 방패인 헬멧 벗어두고
사막의 열기나 쏟아지는 폭우에도
미로 같은 세상 헤쳐나가던
오토바이는 잠시 휴식 중이다
반쯤 열린 손아귀 속 목줄인 휴대폰도 졸고 있다

새들도 대화를 멈추고 나뭇가지 흔들며
포르르 날아오른다
싱그런 초록 노래 무한히 흘러나오는 아늑한 그늘 아래
그는 스스로 단잠을 주문하고 배달 중이다

부릉부릉, 고단한 일상을 끌고
당신의 환한 표정을 향해
그가 요란스런 삶의 바퀴를 닦으며
천천히 질주의 중심으로 굴러 들어간다

제3부

시간이 풍경을 밀고

그림책을 빠져나온 엄마가 유모차를 밀고 가네
옹알옹알 꽃들이 말을 걸고
솜사탕 같은 바람이 뺨을 스치며
거대한 미래를 밀고 가네

바퀴는 언덕을 오르고 구릉을 지나
깊은 계곡을 넘네
낯선 시간을 향하여
눈과 귀를 활짝 열고 닫힌 문을 두드리네

소설책을 빠져나온 딸이 휠체어를 밀고 오네
시드는 태양을 눈썹 위에 얹고
안타까운 이별의 옛 문장을 휘날리며
사라진 모든 꿈의 후기를 밀고 오네

바퀴는 오래된 골목을 빠져 나와
비틀거리며 지나온 비탈길을 만지네
남은 시간을 향하여
깔고 앉은 추억을 조립하며 겸손한 말을 고르네

북에 두고 온 이름

빼곡한 아버지의 자서전 속으로 걸어 들어간다
천장도 없는 돛단배에 수십 명이 몸을 싣고
거친 물살에 가랑잎 되어
남쪽으로 향한 열망은 굴곡진 생의 신호탄을 당겼다
총탄이 날아와도 자유를 택하고
이빨이 부러져도 정의에 기댄 용감한 전사

이제 허리가 구부정해진 구순의 노인
휘어지고 반쯤 꺾여도 다시 일어서서
북에 두고 온 이름 소리쳐 부르는 그 날을 위하여
주먹밥 한 개로 저릿한 그리움 버틴 세월의 뒤란

마천령산맥 아래 고향집은 아직도 또렷하고
연어가 돌아오는 북대천 강가에 나간
소년은 바지 걷고 맑은 물속 피라미 떼와 함께 흘러간다
가쁜 숨결 마디마디마다 간절한 평화의 기원
고향아, 우리 가족 데리고 여기로 오렴
입안 가득 맴도는 이름들 언제 날개를 달까?

허공에서 부르는 노래

음악 한 소절에도 젖을 때가 있지
얼마 전부터 빗소리에 발코니가 젖는다
구조를 요청받고
밧줄 하나에 남자가 매달린다
방수페인트 도색이 진행되자
어디선가 들려오는 노랫가락
−세월아 너는 어찌 돌아도 보지 않느냐
공포를 지우기 위한 스파이더맨의 방식
창문과 창문 사이
사람과 사람 사이
금이 간 틈을 메우기 위해
이리도 아슬아슬하고 조바심 나는 걸까
힘껏 소리높여 허공에서 부르는 노래
함께 있지 않아도 함께 있는
소중한 존재 향한 내면의 힘 솟구쳐 오른다
가까워지는 호탕한 태양의 웃음소리
튼실한 생의 밧줄을 타고
비가 와도 젖지 않는 노래가 매달린다

의자의 수다

저물녘 낡은 의자들이 어둠을 끌어당긴다
천변 담장길 따라 걸어 나온 의자들
느릿느릿 대문을 밀고 나선 발걸음이 모이는 곳
어르신들이 낮동안 수다 떨던
모양도 색깔도 높낮이도 다른 빈 의자들
이제 따뜻한 온기 끌어안고 수다가 이어진다

지나온 세계의 파도를 풀어헤치면
그 물살에 멍든 얘기 끝이 없다
쿠션이 있거나 딱딱하거나
바퀴가 달렸거나 맨발을 드러내거나
의자의 자세는 늘 겸손하고 너그럽다

가만히 무릎에 주저앉으면
깊은 곳 소리가 오롯이 전달되던 벅찬 날들
물오리떼가 자맥질할 때마다 둥근 물무늬를 그린다

화제는 돌고 도는 것
흐르는 물소리에 묻혀 희미하게 들리다 안들리다
전혀 지루하지 않는 하루가 또 흘러간다

소녀처럼 까르르 웃으며 치던 박수소리
저만치 백로 한 마리 날개 푸덕거리며
저녁놀을 물기 위해 날아오른다

마음에 점을 찍다

때가 되니 허기가 도착한다
식탁은 어디에 배치할까요
정원이 보이는 곳
바다가 펼쳐진 곳
쭈빗한 자세로 열고 들어간 식당마다
혼자라는 이유로 박대당하고 겨우 자리한 곳

손님, 합석해도 되겠지요
종업원은 대답을 듣지도 않고
낯선 사람을 마주 앉힌다
어색한 겸상 앞에서
절절 끓고 있는 순두부찌개에 눈 맞추며
우물우물 부드럽게 넘어가는 고요한 식사시간

앗, 깨진 조개껍질 하나가 가로막는 적막
도처에 끼어드는 슬픔
혼자 조용히 삭이며
저편 식탁에 익어가는 고기 냄새와 웃음소리
원하는 전망은 어디쯤 오고 있는지요
더 깊어진 마음에 점을 찍다

나비의 등을 타고

배양실에서 막 우화한 나비 천국 속으로 간다

포르르 나풀거리는 여린 날갯짓 각양각색 꽃들의 합창
알토에서 소프라노까지 음계를 더듬는다
이 꽃이 저 꽃으로 보내는 신호
작은 몸짓도 놓치면 안되는 더듬이 분주하게 움직인다

그대가 나에게 보내던 신호는
어느 나비의 등을 타고 왔을까
감미로운 춤사위에 스르르 녹는 듯
아득한 별로 데려가곤 했다

한 줌 꽃가루 따뜻하게 보듬을 때
울림은 한 생애를 넘어 번져간다
한 쌍의 날개가 향하는 말랑한 길
접혀있던 얼룩진 이정표가 활짝 날개를 편다

10대 환경운동가의 당찬 외침이 지구를 움직이고
떡케익 담은 색색 나비모양 매듭 풀면
신랑 신부의 굳은 언약이 알콩달콩 따뜻한 집이 된다

접시 찾기

깨끗한 접시의 행방을 묻는다
높다란 흰 모자는 아무 말 없이 입꼬리만 올리고
접시를 든 사람은 저쪽이라고 앵무새처럼 말한다
자칫하면 품격을 잃을 수 있을 터
금전 은전이 비밀의 상자 안에서 손님을 기다리듯
즐비하게 늘어선 산해진미의 행렬
침을 꼴깍 삼키며
뚜껑을 열어젖히면
풍요로움은 힘이야, 라고 속삭이는 소리 들린다

먹어도 먹어도 허기진 마음 숨기고
빈 접시 들고 사냥감을 어슬렁거리는 시선들
잔뜩 부푼 식탐의 무게에 짓눌린 접시가 휘청인다
음식의 잔해가 덕지덕지 묻은 접시 곁을 지나
여러 개 접시를 거느린 분의 눈치 살피며
숨겨둔 접시는 없는지 물어볼까 망설인다
품격을 잃지 않으려고 애쓰는 사이
어깨 위로 요란한 향연을 끝낸 접시들이 쌓인다
누군가 포개진 접시 앞을 유유히 지나간다

카레라이스

등과 등 뒤로 흠담이 쏟아진다
A와 B 중간에 끼인 나는 불편하고 난감하다

화해시킬 방도를 궁리하다가
설득시킬 문장을 고르다가
영원히 등을 돌리고 싶다는 꼭지점에서
몇 번이고 쭈르르 미끄러진다

저물녘 아웅다웅하는 건
아직 어둠을 읽지 못한 게 아닐까
식사시간 접시 위 코끝을 자극하는 카레를 담는다
알록달록 감자, 당근, 버섯, 양파가
제각각 고유의 맛 버리고 카레를 껴안고 있다

캄캄한 밤이 올 때까지 서로의 허물 덮으며
함께 골고루 섞이어 미각을 깨우는
카레라이스 한 그릇 같이 먹고 싶다

따뜻한 얘기 두런두런 식탁 저편에서 들려온다

움직이는 도시

영웅과 적을 남겨둔 채
도시를 통째로 바다에 띄운다

화면은 21노트로 전진하니 안심하라고 한다
밤새 깨지 않았으니 파도도 꿀잠 잔 듯하다
오늘은 눈동자에 바다를 거는 날
난바다 한가운데 음악이 흐르고 댄스가 시작된다
치마가 펄럭거리며 돌아갈 때마다 포말이 인다
테이블 위에는 접시마다 음식이 흘러내린다
우아하게 미소 지으며 에너지를 느껴보아요
반짝이 모자 쓴 영국 춤 선생은 흥이 폭발한다
누군가 클로즈업되면 스크린은 비명을 지른다
풀장에서 수영하던 아이가 잠시 숨 고른다
등나무 의자가 수평선을 향해 달린다
게임에 빠져 사람들이 사라지는 5층을 지나
9층에서 삶의 너울인냥 러닝머신이 달리고
투명한 엘리베이터는 그들의 동선 읽고 있다
곧 마술쇼가 진행된다는 안내가 발길을 바꾼다

복도 끝이 안 보이는 객실은 청소가 진행 중이니

알고도 속아주듯 마음 비우라고 한다

일상을 빠져나온 시간이 바다 위 도시를 삼키고 있다

저녁의 이름을 짓는 시간

쉼 없이 흐르던 물소리 어린 물고기에 귀대는 시간

3층집 여자 90대 노모 손 잡고 산책하는 시간

유제품 실은 코코가 시장으로 향하는 시간

날갯죽지 안에 젖은 부리 묻은 오리 떼 꿈꾸는 시간

노란 버스에서 내린 유치원생 배꼽 인사하는 시간

목줄을 쥔 느릿한 할머니를 강아지가 뒤돌아보는 시간

줄 길어지는 마트 계산대 앞 도넛이 뜨거운 시간

까만 액정 속에 빠진 얼굴을 뒤적거리는 시간

검은 봉지 손가락마다 걸고 신호 기다리는 시간

비스듬히 누워 노을 올 때까지 열정 불태우는 시간

양식 나르던 개미가 새로 핀 들꽃 향기 맡는 시간

곧 적막 속으로 사라질 공원 벤치 햇볕 쓸어 모으는 시간

각 잡힌 당신의 눈썹을 조용히 빗질하는 시간

테라스가 있는 복층 펜션

소라처럼 돌돌 감겨있는 산길 풀어헤치며 달린다 계곡 가까운 오늘의 집이 등장한다 주홍빛 감나무 다가와 불안한 걱정을 슬쩍 벗긴다 테라스에 텐트를 치자 아이들의 개다리춤이 웃음을 켠다 붉은 와인 잔 속에 풍성한 어둠이 차곡차곡 내려앉기 시작한다 48장 신비아파트 카드가 눈을 감은 채 눕는다 주인공과 귀신이 쌍둥이처럼 숨어있다 금비 하리 강림 벨라 이드라 시두스 흑진귀 ……뒤집힐 때마다 깔깔거리고 탄성이 터진다 밤은 무르익고 게임은 깊어간다 숨은 그림 찾기 위해 기웃거리던 날들 펄럭인다 빨간 침낭 뒤집어쓴 인아 쿵쿵 뛰기 시작한다 나는 귀신이다, 동생 완이가 푸른 침낭을 쓰고 같이 뛴다 이모가 무섭다며 일부러 소리 지른다 누워 있던 할아버지가 먼지 난다고 창문을 열어젖힌다 싸늘한 밤공기가 소란함을 누빈다 날벌레가 공중에서 춤춘다 복층 다락방에서 얼굴만 쏙 내민 아빠가 이제 그만, 소리 지르자 엄마가 귀신보다 아빠가 무섭다고 한다 창밖 보름달을 삼킨 할머니의 입이 좀처럼 다물어지지 않는다 펜션 지붕 위 놀러 온 별은 한층 젊어진 채 토닥토닥, 웃음주머니를 나눠준다

누마루에 앉아

유연한 기와의 끝을 잡으면
저절로 자연스러워집니다
대청을 지나 누마루로 오르면
삶과 풍광이 껴안고 만나는 곳
반주도 없는 바리톤 목소리
모과나무 끝에 걸리면
오롯이 황금빛으로 차오른 몸의 향연
울퉁불퉁 굴곡진 생의 마디마다
꼭지 하나 꼭 붙잡고 그윽한 향기 품었습니다

둥근 나무기둥과 기둥 사이
무심코 지나가는 경치를 불러보면
고요한 수채화 한 폭 걸어옵니다
단단한 무늬 새기고 있는 저마다의 생명
차곡차곡 그림자 접는 달력의 얼룩을 닦다가
지워지지 않는 얼굴에 멈추는 순간
진한 모과 향이 쏟아져 아득해지고
마음 심지 꼭 붙잡고 내밀한 소란을 다독거립니다

안데스 호수 소금

세상이 밋밋해졌는지
음식도 밋밋해 아껴둔 봉인을 해제한다
쫑긋 세운 라마의 귀를 간질이던
안데스 고원의 맑은 공기 흘러나온다

바다가 산맥이 되기까지
물고기는 얼마나 많은 질문과 대답을 하였을까
거친 파도가 숨을 죽이기까지
현란한 수초의 춤을 멈추기까지
고동과 소라의 귀를 틀어막기까지
수많은 지느러미들이 서로 출구를 찾기 위해 파닥였다

어쩌자고 덜컥 마음을 주었던가
정말 사랑하기는 한 거냐는 질문에
아무런 증거도 내놓지 못했던 이별의 순간

무량겁이 지나도록
고원의 호수는 바다였던 증거를 보여준다
낮은 곳에서 높이 솟구쳐 올라도
품었던 마음 버리지 않을 거라며

〉
엎어지고 뒤집어져
입맛을 잃은 날들 간을 맞춘다

목이 긴 여자

투명한 진열장 안 목이 긴 여자가 앉아있다

평상시 맑고 순수한 물을 품고 있다가
가슴 휘몰아치는 날 도수 높은 술로 변하더니
고고해지자고 꽃 한 송이 물고 있는
비색의 유약을 바른 고려청자의 일대기를 써본다
모딜리아니의 목이 긴 여자들은 눈동자가 없다
어디를 쳐다보는지
어디로 향해 가고 있는지
오래된 소반 위에서 꼿꼿하게 목을 세우며
불구덩이를 견디고 나온 인고의 삶
시간의 온도를 주름잡던 한 시절이여
초연하게 텅 빈 채로 하늘 향해 열려 있는
목이 긴 청자 속에서
한 여자의 생이 흘러 나온다

우리는 어디로 향해 흘러가고 있는지
텅 빈 눈동자 그려 넣으면
알 수 없는 영혼 읽을 수 있을까

어라, 벚꽃잎

움푹, 새로 깐 마룻바닥에 흠집이 났네
휴대폰을 떨어뜨린 그를 원망했네
큰 소리가 나고 서로 얼굴을 붉혔네
뛰쳐나온 불길이 화사한 벽지를 태웠네

새로 단장한 집이 된냥 잠시 우쭐했네
허물어진 경계심이 평정심을 놓쳤네

오래된 헌 집은 편안했네
찍히고 허물어져도 괜찮았네
자연을 닮아갈수록 마음 넉넉해졌네
상처난 마룻바닥을 쓰다듬네
그에게 던진 화살을 부러뜨리네
내려놓을수록 한없이 관대해지네
내 마음의 집이 활짝 문을 여네
어라, 벚꽃잎이 나비처럼 날아드네

냉장고 대기실

다 식어 빠진 안부의 묘지가 즐비하다

어두컴컴하고 냉기가 도는 대기실
익숙한 여자의 얼굴이 뜨면 공기가 들썩거린다
파프리카, 토마토, 브로콜리, 양파, 버섯, 당근
아침의 메뉴가 불려나간다
잘 보이지 않는 뒷자리에 앉거나
검은 표정으로 앉아 있다가
흐물흐물해지고 썩어 문드러지는 슬픔이 덮친다
유통기한이 지난 쇠고기가 나무판자가 되고
말랑하던 떡이 돌덩이로 변하는지
그때는 몰랐다고 딱 잡아뗀다
한편 문간 앞에 기댄 유정란은 병아리를 꿈꾼다

어제 풀죽은 내게 따뜻한 한끼의 위로가 기적처럼 왔다
기다리는 시간이 길어질수록 기댈 어깨가 필요하다

무심한 안부들이 겹겹이 쌓여있다
목록을 뒤적거리던 손가락은 밍기적거리며 기적을 꿈꾼다

두물머리 연가

너를 만나려고 얼마나 울퉁불퉁해진 걸까
무심한 조약돌에게 멍들고
수시로 흙탕물 뒤집어쓰며
물살 휘어질 때마다 너를 생각한다.
느티나무 아래 우리의 언약은 어디쯤 흘러간 걸까
황포돛배는 나침반을 잃고 흔들린다.
강숲 풀벌레는 젖은 오선지를 말리고 있다
떠내려온 꽃잎을 헤치고
영원히 시들지 않는
너의 이름을 줍는다
물의 정원으로 가는 길목
연밭에는 기다림이 뒤척이는 소리
호흡을 다스리며 그윽한 향기를 빚는다
두물머리에 가면
간절함의 노 저어 저어
달려온 먼 길
마침내 바다가 된다

누가 군무를 추는가

고인 듯 흘러가는
강거울 위에서 군무를 추는 가창오리 떼
힘겨웠던 여정을 풀고 있다
무서운 송전탑이 지나가고
모진 비바람에 흠뻑 젖고
날카로운 비행기 날개를 스쳤다는 거
갈대밭에서 박수가 쏟아진다
오랜 시간 상한 깃털 햇살이 안아주고
그렁그렁한 눈물 닦아주는 바람 한 소절

무대 위 꼬마들이 백조의 호수 공연을 한다
발레복을 입고 호흡 맞추며
한 줄로 섰다가 원을 그린다
아직 익지 않은 말의 씨앗
언제 무수한 꽃으로 피어날지 몰라
혼자여도 혼자가 아닌
자연과 보폭을 맞추며 군무를 추는
오후의 그림자

채찍비

물기 가득 머금은 방으로 입장한다
보랏빛 도라지꽃에서 흘러나오는 종소리를 받아 적는데
공벌레가 몸을 둥글게 말고 주춤거린다

못갖춘 마디로 시작한 악보가 젖기 시작한다
도돌이표로 다시 돌아가야 할 지점인데
딴생각하다가 흐름을 놓친다
채찍질하며 말굽소리로 달려오는 채찍비에
방이 기우뚱거린다
점점 불어나는 물의 무게를 감당할 수 있으려나
언제 먹구름이 끼어든 거지
떠나간 손이 공기를 망친 걸까

눅눅함으로 쩍쩍 들러붙는 발걸음
허공에서 마구잡이로 춤추듯
이제부터 더 채찍을 휘둘러야 한단 말인가

베란다 철봉을 꽉 잡고 있는 물방울의 굳센 손

피아노 위를 걷다

긴장한 열 개의 손가락이 길을 떠나지요
세상에 쉬운 길은 없다며 수없이 되돌아오고
단숨에 높은 곳을 오르려다 발목을 접질렀다며

우린 각각의 음색으로 삶을 다독거리지요
명랑한 솔톤으로 가자고 해놓고
울고 들어온 그림자에 그만 도로 주저앉는
밟아도 그 자리 그 모습으로 버티는 오기
까만 주춧돌 사이사이 깔아놓고
잠시 반음 쉬고 싶은데

늘 보폭을 맞추라는 미션 받아들었지만
왈츠에서 고고로 고고에서 디스코로 알 수 없는 장단
후줄근해진 길의 뒷담이 우르르 무너지는가 했더니
너희에겐 밝음이 충분히 준비되어 있다며
다시 팽팽해지는 악보의 마디들

삶의 건반을 넘을 때 고운 화음 맞추면
통통, 환한 꽃이 깨어나요

제4부

파도 전망대

오늘의 물결이 와글와글 몰려오네요
슬픔과 거리는 두었나요
짠물 눈물 삼켜도 지느러미는 잘 펄럭이나요
세상을 어루만지는 손길이 겸손해졌나요
견딜만한 크기인가요
맑은 기운 실은 바람은 적당한가요
악착같이 무너지지 않으려고 씩씩함을 새기나요
해마 깊숙한 곳 뜨거운 추억을 꺼내보나요

오늘 어떤 기분을 골라서 올라타나요
지루한 풍경도 노래가 될 수 있나요
굴곡의 갈피마다 삶의 작은 가치를 초대하나요
기다리던 쪽배는 언제쯤 올까요
세파에 흔들리지 않는 표정을 갖고 싶나요
몸이 부서질 것 같아도 마음은 출구를 잘 찾아가나요
수평선 너머 아름다운 미래가 오고 있어요
스르르 미끄러진 갈매기 등을 타고 있네요

킥보드는 당신을 버리고

아파트 정원으로 킥보드가 쓰러져 있다
붉은 영산홍의 가쁜 숨결 받아쓰던
긴장한 초록 이파리들이 수런거린다
룰루랄라 양탄자 타고 멀리 날아오르는
아직 스며든 즐거움이 빠져나가지 못한 듯
바퀴는 허공에서 뱅뱅 돌아가는데
어디로 달려가는지 모르는 채
씽씽 달리던 일상의 바퀴는 제동이 걸렸다
보고 싶은 사람과 만남은 자꾸 미루어지고
세월이 지나간 몸의 흠집을 닦아내느라
방을 점령한 개미의 웃음소리가 들리지 않았다

마트를 가려고 길을 걷다가
꽃댕강나무를 덮친 노란 킥보드에 놀란다
번지던 아스라한 향기는 사방으로 꽉 막히고
앞서가던 시각장애인이 걸려 넘어진다
킥보드는 당신을 버리고 떠났는데
지그시 억누른 슬픔이 바퀴를 서서히 굴린다
즐거움이 언젠가 당신을 버리듯
견디다 보면 슬픔도 당신을 버린다

휘청거리는 내게 따뜻한 위로가 도착할까
지나간 자리마다 별을 심으며
일상의 바퀴를 서서히 돌리자
태양의 손끝마다 꽃들은 화들짝 피어나고
누군가 사뿐히 평온의 구역으로 착지한다

꼬막 해감법

누군가 머리 위로 검은 비닐봉지를 덮어 씌었어요
이제 밤이야, 귀에다 속삭이네요
불편한 얼굴을 벗어던지는 시간이 되었어
밀물과 썰물의 기억이 흘러나오나요
초대하지 않아도 스며든 울분이 웅크려 있다니
감상에 젖은 말들이 줄줄 흘러나오는 것도 몰랐지요
그래, 고백은 어두워야 너를 끌어당기는 것

분위기는 좀 근사하지 않을까요
하늘엔 별이 총총 돋아나 있을 테니
꽁꽁 감추고 있던 내가 빠져나가요
쯧쯧, 비난이 숨어있는 줄
말하지 않은 말은 알아차리지 못하는 너를 향한
다독거리던 응어리 줄줄이 무너지네요
어때, 영혼이 맑아졌나요

코끼리씨의 귀향

누군가 안장에 올라타면 움직이는 거야
어슬렁어슬렁 느린 풍경을 끌고 가면 돼
매일 만나는 똑같은 일상이지만
조련사의 채찍이 공중을 날아와 꽂힐 때
움찔, 불안한 표정을 나뭇가지에 걸고
속도와 방향을 수정하는 거야
오전엔 훌라후프 속에서 출렁이다가
오후엔 나무가 있는 트랙을 돌고 도는 것
세월의 무게가 묵직해졌다고
어젯밤 낙상한 친구를 위로하다가
언제 중심을 잃을지 모를
몸의 찬사를 쓰는 거야
관객들은 내가 구름 신발을 신고
매일 어디로 외출하는지 관심이 없어
그들의 즐거움만 화면에 그려놓고 싶은 걸
아무도 찾아오지 않는 역병의 시대
이제 무대에서 내려와 귀향길 오른 코끼리씨
들꽃 향기 육중한 발에 묻힌 채
무한한 햇빛 달빛 눌러쓰고 천천히 가는 거야

악사와 노인

점점 야위어 가는 시간의 옷을 껴입고 주눅 든 어깨가 애써 길을 열지요 늘 그 자리를 꿋꿋하게 지키는 전선과 전선을 이어주는 참고 견딘 시간들 집집마다 환한 불을 켜지요 자그마한 악기가 아마추어 실버 악사들의 어깨에 옹알거리며 업혀가네요 입구에 지팡이들이 빼곡하게 세워진 노인 주간보호센터에 느린 그림자가 멈추었어요 축 처진 가슴팍에 저마다 멜로디가 하나둘 음표를 그리네요

깡마른 어깨도 버팀목이 될 수 있어요 끈기로 버틴 세월 꼭 붙잡으며 매달린 우쿨렐레가 여차하면 파열음을 내는 파도 같은 삶을 조율하네요 간이의자에 앉은 노인들이 앞에 서 있는 악사 노인들을 바라보네요 한 번도 제대로 된 무대에 올라가 어깨를 활짝 펴보지 못했다고요 이제사 관객과 높이가 같은 무대에 서게 되어 주목을 받는지 주목을 하는지 옛날 잘 나가던 시절을 삼키고 깜빡깜빡 나를 놓치는 시간이 열차를 타고 가지요 우리는 언제 자리가 바뀔지 몰라요

아직 살아있다는 그의 어깨가 진실인가요 아득한 추억 속으로 함께 걸어가던 동요가 끝나고 신나는 트로트의 악

보가 쏟아지자 노인 한 분 일어나 구부정한 자세로 어깨춤을 추네요 분주한 도시의 존재감 없는 존재로 우두커니 지키고 선 전봇대처럼 늘 쓸쓸한 표정을 잠시 지우네요 급매 또는 경매의 전단지가 잠시 시선 붙잡는 한때 즐거웠던 기억의 강을 따라 꽃잎배 타고 흐느적거리며 흘러가네요

말끝 흐리는 오후

저 초록색 펜스 너머 가고 싶지 않니
직사각형 길게 늘어선 풍경 신기해 보여
너와 함께라면 용기를 내야지
경계를 넘는 건 모험이지만 스릴 있는 게임이잖아
난 비밀병기인 가시와 덩굴손이 있으니 다들 따라오렴
태양전지가 다닥다닥 붙은
패널은 따뜻해서 우리를 자꾸 끌어 당겼어

저 가시덤불과 잡초가 태양광 생산을 막고 있잖아
두런거리는 말소리에 고개를 드니
새로 산 낫이 햇살에 번뜩였어
우리들 목숨은 절벽 끝에 서 있었고
아군인 모기와 풀세비가 공격을 시작하자
공중을 찍어내던 낫이 바닥에 주저앉았어
오른쪽과 왼쪽의 치열한 전투처럼
한없이 뻗어가는 몸과 막으려는 몸이 엉켰어
댕강, 나팔꽃 한 송이 떨어지자 그림자가 멈칫거렸어
영역을 지키지 못한 펜스는 색깔 때문이라며
말끝 흐리는 오후
경계선 너머 반짝거리는 눈빛 도처에 있어

소금꽃, 산이 되다

지도의 서쪽 끝에는 소금꽃 만발한다지
식탁 중앙에 깃발 꽂은 권력의 비밀 캐기 위해
왼쪽으로 하염없이 달려간 아득한 길
그토록 찾던 염전은 보이지 않고
사각으로 연결된 계양둑만 고개 내밀며
밤새 하얀 드레스 입은 눈꽃 요정이 다녀갔단다

덧없이 사라져버린 날
말없이 사라져버리고 싶은 날
오늘이 쿡쿡 발자국 찍고 걸어간다

수많은 보석 알갱이, 순백의 산이 되어 일어서면
염전 거울에 비치는 산 그림자 길어지고
소금 꾼은 온몸에 찐득한 소금꽃 어린다

큰 산이 되기 위해
진한 열정으로 달려가는 길 언저리
남모르게 얼룩진 거룩한 소금꽃
갈피갈피 넣어 둔 짜디짠 순간 언제 고운 꽃 필까

매달린 뒤통수

지난주의 추억을 감쪽같이 삭제한다
부풀어 오른 쓰레기가 뚜껑을 밀고 흘러내린다

온전히 비워야 채울 수 있지만
아무리 채워도 허기진 마음이여
비상벨이 울린다
꽁무니에 뒤통수를 매단 청소차가 달리기 시작한다
생존의 비밀이 담긴 비닐봉투를 집어던지며
아무 일도 없었던 것처럼 빼곡히 쌓는다

언젠가 썰물처럼 스르르 빠져나간다 해도
누군들 소유욕에 뒤척이지 않았을까
안간힘 쓰며 무언가를 잡으려고
어느 쪽에 매달릴 것인가 궁리하던 뒤통수가 보인다
유리문 너머 만찬 앞에서 우왕좌왕하던 발자국
몰래 내다 버린 적이 있다

새벽길 형광색 비옷 위로 흘러내리는 거센 빗줄기
여기저기 터져버린 쓰레기봉투 몸을 씻을 시간이다

중세에서 온 편지

올리브나무는 따뜻한 곳을 좋아해요 당신이 알고 있는
사람들의 시선을 주렁주렁 매달지요 새들이 고운 소리를
내는 지점은 어디인가요 사람들이 면죄부를 살까 말까 망
설이는 사이 성당의 지붕은 뾰족하게 자라났어요 자고 나
면 스테인드글라스 속으로 이웃들이 사라지기도 했어요
농부의 오른쪽 팔 그림자가 점점 길어졌어요 영주의 풍성
한 식탁보를 오만해진 개가 잡아당겼어요 남쪽으로 기울
어진 사탑은 아직도 착한 사람들이 바로 세우려고 밀고 있
어요 당신이 힘들 때 짠, 나타나 지켜줄 것 같은 기사도 정
신은 어느 골목에서 펄럭거리나요 진실의 입 속으로 과감
하게 들이민 손이 잘렸어요 누군가 희망이 없다며 신을 애
타게 부르고 있어요 지중해를 끌고 가는 배가 언젠가 도착
할 거예요 당신이 주인공이 되는 모든 길이 통했던 길을
출렁이며

가자, 바퀴야

한 쌍의 바퀴가 바닥을 끌고 간다
식품을 담고 아기를 담고 강아지를 담고
가로수 꽃향기도 담고 어제도 쑤셔 넣은 채
육중해진 몸집 떠받치며 어깨를 맞춘다
나는 힘겹게 끌고 가는데
너는 가볍게 밀고 간다
가자, 고마운 바퀴야 버거운 무게에 지치면 안 돼

고장 난 엘리베이터 앞 카트가 주저앉는다
순간 계단에서 굴러떨어지는 목록을 본다
경사를 담고 벼랑을 담고 장애물을 담고
층층 계단을 돌아갈 때
너는 아무렇지도 않게 건강을 자랑할 때
나의 시야는 흐릿해진다
가자, 착한 바퀴야 공중에서 헛발질도 나아가는 거야
오늘의 과업처럼 늘 따라다니는 짐스런 짐 던지면
두 손 가볍게 훨훨 날아갈 수도 있으련만
험준한 산맥 넘어가는 바퀴들의 함성 장엄하다

미로 여행

보이지 않는 것이 보이는 것을 지배하지요
너와 나의 거리는 어느 정도인가요
우린 그리 친하지 않으니 예의를 다하세요

플라스틱 칸막이는 제대로 방어가 될 수 있을까요
밥을 먹는지 불안을 먹는지
의심의 눈초리가 선량한 이웃을 갉아먹어요

겨울잠에서 깨어난 두꺼비들
차도를 지나 배수로 벽을 타고 기어오르네요
소중한 생명 품고 수없이 공포와 뒹굴지요
방금 깨진 액자를 빠져나온 나비 떼
날개 펄럭이며 속삭이네요
한파에 기절한 바다거북을 깨우러 간 데요

내려야 할 정류소는 아직 멀었는데
목이 바싹 마르고
마스크는 입을 꽉 틀어막고 있어
예측불허의 시대가 붉은 신호등에 걸려있어요

어쩌다 짝을 바꾸면

걱정을 어슷어슷 썰고
인내심을 휘휘 저어 푹 끓여요

아슬한 유리그릇 탑이 흔들거리며 오네요
저마다 뚜껑을 열어젖혀요
동그랗고 길쭉하고 네모난
생각들이 쌓이고 비워지고 쌓이고 비워지고

뚜껑의 짝을 맞추어보아요
어쩌다 짝을 바꾸면 짜릿한 하루가 될까요
아삭이 고추가 되고 콜라비가 되고
생각들이 쌓이고 비워지고 쌓이고 비워지고

내일의 식재료를 준비하는 동안 남자는 TV를 보지요
식탁 밖에서도 화면 속 음식을 계속 먹어요

꿈속에서 정교한 식단을 짜네요
메뉴가 빙빙 돌고
걱정이 돌고 인내심이 부풀어 오르는
정해진 시간 어김없이 차려지는 돌림판

〉

말라붙은 고등어 한 토막 며칠째 냉장고에 있어요

눌러앉은 구름 한 자락 나를 마음껏 요리하고 있네요

코끼리 다리걸기

나무와 나무 사이 플래카드를 동여맨다
우리는 공중에서 펄럭거리며
기간이 다 되어 가는 계약서를 움켜쥐고
사방 눈치를 살핀다
어디서 주먹이 날아와 입술이 터질지 모른 채

바탕화면에서 희망이란 폴더를 열자
이력서가 튀어나온다
달력에 빨간 동그라미가 표시된 날이 다가올수록
그 폴더는 창을 자꾸 열어젖혔다
어디론가 송부되는 유목민의 생애

스크린 안에서 천막농성 하는 모습이 보이자
교양프로로 채널을 돌린다
정글 속 코끼리가 어슬렁거리며 지나간다
아무 일도 없다는 듯
바나나 나무의 열매가 규칙적으로 사라진다

알토

몸보다 마음이 앞서
늘 걷던 길이 나를 껴안았다
관절이 꺾어지는 곳마다
패이고 피멍이 들었다
삶의 굴곡점에서 깊은 상처가 난 것처럼

몸의 중심은 통점이 있는 곳이다
아린 통증이 잠을 흔든다

어떤 사람과 마찰로 마음 상해 잠 설치던 밤
사는 일은 남의 비위를 맞추는 일이라는데
비굴해지지 않으려는 나와의 결전은 팽팽하다

돌부리에 걸린 어둠을 쓸어내느라
구부러진 일상이 엉거주춤거린다
더 낮은 자세로
때로는 무릎을 굽히는 알토음으로
몸과 마음의 균형은 어디쯤일까
새살이 차오를 때까지 당분간 휴전이다

구름 헬스장

비정형으로 흘러가는데 자꾸 이름을 붙이지요
새털, 양 떼, 뭉게, 버섯이라 부르며
고개를 끄떡이지요

새벽에 어슴푸레 눈을 뜬 반지하 헬스장
탱글탱글한 아령을 들어 올리고
알 수 없는 당신의 마음 불끈 끌어당기고
밀린 과제를 발끝까지 쭉 밀어내고
갑자기 끼어든 근심은 툭툭 털어내고
아무리 속도를 높여도 제자리걸음

어제와 똑같은 동작으로
올리고 당기고 밀어내고 털어내고 걷는 동안
기적의 오늘이 서서히 탄생하지요
쉽게 방전되지 않고
구름처럼 잘 흘러가기 위해
저마다 비밀의 병기 새겨 넣는 땀방울 입자

뭉게뭉게 피어나는 어떤 생각의 근육을 키워 볼까
섞이고 엉키고 풀리고 흩어지며 사라지는

왈칵, 쏟아질 절창을 향해
매일 다른 기류의 운동기구가 몸을 끌어당기지요

파도 위의 식사

큰 병을 얻은 친구와 식사를 한다
그때 그 바닷가 갔을 때 생각나네
참 좋았는데
푸른 바다 배경으로 마주 본 미소가 떠오르고
짙은 해무 속 잠시 드러난 믿기지 않는 진실이 두렵다
그녀가 좋아하는 명란젓을 가까이 옮겨주며
속도 조절을 위해 잠시 멈춘다
파도가 식탁 위로 몰려와
와르르 밥그릇이 넘어진다
접시 위 가자미가 둥둥 떠오른다
간신히 눈물샘 억누르며
숟가락이 허공을 퍼담는다
결국 파도 속에 하나하나 잠길 텐데
우리는 사진 속에서 여전히 웃고 있겠지
아무것도 모른다는 듯 또 만나자는 인사말
구름 위에 걸쳐두고
마음의 수평선을 간신히 맞추며
성큼성큼 깊은 바다의 문을 열었다

활짝

여기서 활짝 웃어보세요
직접 운전하는 놀이기구를 타고
굽이굽이 휘어진 비탈길 따라
도착지점이 다가올 무렵
가파른 언덕을 막 내려오니
플래카드가 펄럭인다
힘든 고비를 넘겼으니 웃어보란다
목적지 휴게실 모니터에는 함박웃음이 넘쳐
보는 사람 표정도 덩달아 밝아진다
꿀을 먹던 나비가
활짝 날개를 펴면
기운이 가득 차오른다는 신호
가족이 있어
든든한가요 단단한가요
오늘도 목청 돋우는 당신
거친 바람을 지나
언제쯤 활짝 꽃이 필까요?

사이펀
현대시인선
14

옹알옹알
꽃들이 말을 걸고

현대사회에서 자연의 의미,
혹은 자연으로의 귀의

황치복
(문학평론가)

현대사회에서 자연의 의미, 혹은 자연으로의 귀의
― 김명옥 시인의 네 번째 시집의 시세계

황치복
(문학평론가)

1. 치유의 힘으로서의 자연, 혹은 욕망의 정화

1995년 〈국제신문〉 신춘문예를 통해 등단한 김명옥은 『지금 삐삐가 운다』(전망. 1997), 『달콤한 방』(고요아침. 2013), 『프라이팬 길들이기』(한국문연. 2017) 등 세 권의 시집을 상재했다. 이번 시집은 시인의 네 번째 시집인데, 그동안 시적 관심과 시 의식을 견지하면서도 한층 성숙하고 정제된 시 형식과 작시술을 선보이고 있어서 주목된다. 무엇보다 자연에 대한 깊은 성찰과 사유가 시인의 시적 세계를 그윽하게 하고 있으며, 더욱 품격 있는 시적 정취로 안내하고 있다. 물론 자연에 대한 관심은 많은 시인들이 지닌 공통점이기도 하지만, 특히 김명옥 시인은 자연이 지닌 이치와 섭리가 어떻게 우리 삶에 통용될 수 있는지를 면밀히 성찰하여 그것을 시화하고 있다는 점에서 자연을 통해 삶의 원리를 추출하려고 했던 전통적인 사유 방식을 이어받고 있는 셈이다.

자연에 대한 전통적인 사유 방식 가운데 하나는 자연이 오욕칠정으로 고통받는 인간에게 치유의 힘을 발휘할 수 있다는 것이다. 자연은 인간이 바르게 살아가야 할 어떤 규범을 제공하고, 그러한 규범을 일탈한 생활 방식에 익숙한 인간들을 교정하고 치유함으로써 평정심과 건강을 회복할 수 있게 하기 때문이다. 김명옥 시인에게도 자연은 치유의 힘이자 생동하는 삶의 원천으로 작용하는데, 자연이 그러한 동인으로 작동할 수 있는 이유는 바로 인간의 욕망을 정화하여 맑고 깨끗한 영혼을 회복할 수 있게 하는 동력으로 작동하기 때문이다. 그러면 자연은 어떻게 현대인의 욕망을 정화하고 영혼의 갱신을 가능케 하는 것일까? 먼저 그러한 메시지를 담고 있는 작품을 몇 편 읽어보며 확인해 보자.

　　지난주의 추억을 감쪽같이 삭제한다
　　부풀어 오른 쓰레기가 뚜껑을 밀고 흘러내린다

　　온전히 비워야 채울 수 있지만
　　아무리 채워도 허기진 마음이여
　　비상벨이 울린다
　　꽁무니에 뒤통수를 매단 청소차가 달리기 시작한다
　　생존의 비밀이 담긴 비닐봉투를 집어던지며
　　아무 일도 없었던 것처럼 빼곡히 쌓는다

　　언젠가 썰물처럼 스르르 빠져나간다 해도
　　누군들 소유욕에 뒤척이지 않았을까

안간힘 쓰며 무언가를 잡으려고
어느 쪽에 매달릴 것인가 궁리하던 뒤통수가 보인다
유리문 너머 만찬 앞에서 우왕좌왕하던 발자국
몰래 내다버린 적이 있다

새벽길 형광색 비옷 위로 흘러내리는 거센 빗줄기
여기저기 터져버린 쓰레기봉투 몸을 씻을 시간이다

—「매달린 뒤통수」 전문

"부풀어 오른 쓰레기", "여기저기 터져버린 쓰레기봉투" 등은 현대인의 과도한 탐욕과 소비 만능의 풍조를 암시하고 있는 이미지들이다. 무한 소비를 조장하고 권장하는 소비 만능의 현대사회에서 현대인들은 절제와 금욕이라는 윤리적 덕목을 상실한 지 오래되었다. 절제와 금욕은 자신을 지키고 생태를 지키는 윤리적 덕목임에도 불구하고 그것은 소비를 통해 이윤을 창출해야 하는 자본주의적 현실에 맞지 않기 때문이다. 현실이 이러하기에 현대인들은 소유하고 소비하는 일이 생존과 관련되는 필수적인 능력으로 인식하고 매달리게 되는데, "꽁무니에 뒤통수를 매단 청소차"라든가 "어느 쪽에 매달릴 것인가 궁리하던 뒤통수", 그리고 "유리문 너머 만찬 앞에서 우왕좌왕하던 발자국" 등의 이미지들이 현대인들의 소비와 소유를 향한 전략과 열망을 시사해주고 있다. 시인이 굳이 "뒤통수"를 강조하는 이유가 그러한 전략과 열망이 떳떳하지 못하게 은밀하고 비열하게 이루어지기 때문일 것이다.

시적 논리에 의하면 현대인의 생존 비밀이 담긴 쓰레기봉투란 은밀하고 비열한 현대인의 소유와 소비를 향한 전략들이 담겨 있다는 것인데, 쓰레기봉투가 이처럼 해석될 수 있는 것은 그것이 '아무리 채워도 허기진 마음"을 대변해주기 때문이다. 즉 쓰레기봉투는 부풀어 오르고 터져버린 형상으로 그려지고 있는데, 그러한 형상은 채우는 것으로 부족하며 더욱 심한 갈증이 숨겨져 있는 것으로 읽힐 수 있는 것이다. 이러한 점에서 쓰레기봉투는 현대인의 과도한 탐욕과 소유욕의 적절한 표상이 될 수 있으며, 터져버리고 부풀어 오른 모습을 통해 현대인의 욕망과 소유욕이 정상적인 것에서 벗어난 기형적이며 일탈적인 것이라는 점도 시사해준다. 그러니까 쓰레기봉투는 병들고 그로테스크한 현대인의 소유욕과 생활 방식을 암시하는 상징물이 되는 셈이다.

시인은 "새벽길 형광색 비옷 위로 흘러내리는 거센 빗줄기"가 이러한 현대인의 병든 영혼을 정화하고 치유할 수 있는 힘을 지니고 있다고 암시한다. "여기저기 터져버린 쓰레기봉투 몸을 씻을 시간이다"라는 대목이 바로 자연의 치유 능력을 암시하는 표현인데, 쓰레기봉투의 몸을 씻을 시간이라는 것은 곧 현대인의 오염된 영혼을 치유할 시간이라는 의미도 된다. 그리고 그런 치유와 정화의 역할을 쏟아져 내리는 "거센 빗줄기"에게 맡기고 있는데, '거센 빗줄기'가 자연에 대한 제유라고 한다면 우리는 자연에서 치유와 정화의 힘을 발견할 수 있을 것이다. 다음에 인용된 시도 역시 치유의 힘을 다룬 작품이다.

움푹, 새로 간 마룻바닥에 홈집이 났네
휴대폰을 떨어뜨린 그를 원망했네
큰 소리가 나고 서로 얼굴을 붉혔네
뛰쳐나온 불길이 화사한 벽지를 태웠네

새로 단장한 집이 된냥 잠시 우쭐했네
허물어진 경계심이 평정심을 놓쳤네

오래된 헌 집은 편안했네
찍히고 허물어져도 괜찮았네
자연을 닮아갈수록 마음 넉넉해졌네
상처난 마룻바닥을 쓰다듬네
그에게 던진 화살을 부러뜨리네
내려놓을수록 한없이 관대해지네
내 마음의 집이 활짝 문을 여네
어라, 벚꽃잎이 나비처럼 날아드네

— 「어라, 벚꽃잎」 전문

　어렵지 않게 시상의 전개를 포착할 수 있다. 집을 리모
델링하고 새로 마룻바닥을 깔게 되었다는 것, 그런데 그가
휴대폰을 떨어뜨려 마룻바닥에 홈집이 생기게 되었다는
것, 그래서 큰 소리가 나고 얼굴을 붉히게 되었다는 것 등
사건의 전개가 바로 그것이다. 시적 화자는 이러한 사태의
원인을 "허물어진 경계심이 평정심을 놓쳤"다는 데에서 찾
기도 하고, "내려놓을수록 한없이 관대해지"는데, 그렇지

못하고 집착과 소유욕에 함몰되어 있었다는 것을 암시하기도 한다.

그러니까 새집이 생기고 새로운 마룻바닥에 깔리자 그만 그것에 대해 집착하게 되었고, 작은 흠집이 큰 상실감으로 다가와서 평정심을 놓치고 상대방을 원망하고 한탄하게 되었다는 것이 사건의 발단이 된 셈이다. 시적 화자는 이러한 사태가 발생하기 전을 복기하면서 "찍히고 허물어져도 괜찮았"다고 회상하기도 하고, "오래된 헌집이 편안했"다고 돌이켜보기도 하는데, 결국 이처럼 흠결이 생기고 불완전하고 느슨한 것이 자연의 속성임을 발견한다. 상처나 흠집 하나 없는 완전무결한 상태란 인위적인 가공의 허구이며, 실재의 모습이란 조금 부서지고 모지라진 형상이라는 깨달음인 셈이다.

이러한 깨달음은 곧 자연에 대한 발견이라고 할 만한데, "자연을 닮아갈수록 마음 넉넉해졌네"라는 구절이 이를 함축하고 있다. 작은 결함이나 결점에 대해서 너그럽고 넉넉한 마음을 지닐 수 있는 마음이 곧 자연을 닮은 마음이라는 것, 그래서 자연을 닮은 마음은 포용력이 있고 여유가 있으며, 그렇기 때문에 작은 결함이나 결손에 대해 전전긍긍하거나 옹색해하지 않고 편안한 심적 상태를 유지할 수 있다는 것이다. 이러한 점에서 자연이 곧 각박하고 옹색한 현대인의 마음에 대한 치유의 힘이 될 수 있는 이유이기도 할 것인데, 시인은 자연에 대한 사색과 발견을 통해서 이러한 시적 전환을 성취해내고 있다. 한편을 더 읽어본다.

산등성이에 앉아 구름 샌드위치를 먹어요

부드러운 맛인가 하면 어느새 세찬 비가 파고들어요

흐르는 시냇물에 슬쩍 한쪽 발을 넣어보아요

아직 물살은 냉정해요

협곡을 지나 무사히 정상에 도달할 수 있을지요

점점 훈풍 불어오면 온기가 퍼질 거예요

욕망과 윤리의 시소는 어디로 기울어질까요

노천카페 앞 둥근 파라솔의 균형을 맞추어요

오른쪽에 담긴 물을 왼쪽으로 옮기며 온도를 조절해요

수호천사 미카엘이 날개 펼치고

너와 나를 화해시키려 해요

조절되지 않는 분노의 꼭짓점에서 미끄러져 내려와요

뒤집히려는 나를 붙잡아줘요

그림 속 아이리스에 앉은 나비가 날갯짓하고 있어요

오랫동안 경청만 하다가

영원히 마이크를 놓칠지도 몰라요

어제와 타협한 오늘이 고요를 가장한 채

뻐딱한 사람들 심장을 어루만지고 있어요

— 「타로, 절제」 전문

　"타로"란 그림 카드를 활용한 점치기를 의미하는데, 어떤 운명의 행로 같은 것을 암시하고 있다. 시적 화자가 처한 상황은 "윤리와 욕망의 시소"라는 대목에서 알 수 있듯이, 인간의 도리와 내면에서 솟구치는 욕망 사이의 갈등이다. 그런데 "조절되지 않는 분노의 꼭지점"이라든가 "뒤집히려는 나" 등의 표현을 보면, 시적 화자가 윤리와 욕망의 불균형 상황으로 인해서 평정심을 잃고서 고통에 직면해 있음을 알 수 있다. 물론 그 고통은 절제되지 않는 욕망, 통제되지 않는 집착에서 기인한 것일 터이다.

시적 화자는 이러한 곤경에서 어떻게 탈출하는가? 물론 그 방법은 절제와 균형의 회복에 있을 것이지만, 어떻게 그것을 달성하는지가 관건이 될 것이다. 시적 맥락에서는 "노천카페 앞 둥근 파라솔의 균형을 맞추"고, "오른쪽에 담긴 물을 왼쪽으로 옮기며 온도를 조절"함으로써 욕망과 윤리의 균형이 맞추어질 것이라고 암시하고 있다. 물론 사탄과 마귀를 물리친다는 "수호천사 미카엘"의 보호와 노력이 여기에 첨가되기도 한다. 하지만 중요한 것은 "점점 훈풍이 불어오면 온기가 퍼질 거예요"라든가 "그림 속 아이리스에 앉은 나비가 날갯짓하고 있어요" 등에서 확인할 수 있는 자연의 순화시키고 동화시키는 힘이라고 할 수 있다. 이러한 장면들은 앞서 인용한 "내 마음의 집이 활짝 문을 여네/ 어라, 벚꽃잎이 나비처럼 날아드네"(『어라, 벚꽃잎』)와 같은 상황과 유사한 것으로서 자연의 관용적이고 포용적인 속성에 대한 발견이 자신의 일탈과 파격을 정화하고 순화하여 절제와 균형에 도달하도록 하고 있는 셈이다.

2. 순리順理, 혹은 자연의 이치와 섭리

자연이 현대인들의 욕망과 집착, 탐욕과 불균형에 의한

질병과 고통에 대한 치유와 정화의 힘이 될 수 있음을 살펴보았는데, 자연이 이러한 역능을 발휘할 수 있는 것은 바로 자연이 지닌 포용력과 절제, 그리고 윤리와 욕망을 적절히 제어하는 균형감각을 부여하기 때문임을 알수 있었다. 김명옥 시인의 시집에서 자연은 다양한 덕성을 함축하고 있는 윤리의 표상으로서 현대인들을 치유하고 인도하는 역할을 감당한다. 자연이 현대인들에게 여전히 어떤 귀감이나 모범이 될 수 있는 것은 그것이 지난 다양한 윤리적 덕성 때문일 터인데, 우리는 이를 자연의 이치와 섭리라고 부르곤 한다. 그리고 가장 대표적인 자연의 섭리는 질서(秩序, order)라든가 조화(調和, harmony), 혹은 순리(順理, natural)라는 덕목이 될 것인데, 시인은 자연의 이러한 이치가 지닌 힘과 아름다움을 적절하게 시작을 통해 살려낸다.

붓을 들고 팔레트 속 연분홍 물감을 찍는다

텅 빈 꽃잎 테두리 따라 쓱싹쓱싹 채우니

한 송이 매화가 눈을 뜬다

동지부터 9일마다 점차 누그러져

9번째 되는 날 추위 풀리리라

행인도 길 멈추고

둥글어져라, 모난 마음 궁굴리며 색칠하면

점점 공기가 발랄해진다

담장을 휘감은 긴 무명천에 핀

생기있는 꽃잎들 미풍에 살랑거리면

멀리서 나비떼 징검다리를 건너온다

구구소한도 완성될 무렵

아련한 매화 향기 타고

집청전 정자 아래 푸른 물소리 점점 커진다

머지않아 고운 꽃잎이 별처럼 흘러 내려와

젖은 발목 죄다 깨워 둥근 세상으로 나아가리라

암각화에 새겨진 육중한 고래 한 마리 꼬리치며

네 마음 헤엄쳐 다니면

옜다, 청아함 담뿍 받아가거라

― 「구구소한도九九消寒圖」 전문

  구구소한도九九消寒圖란 동지로부터 봄이 될 때까지의 81
일간의 기상氣象을 나타낸 표로서 그해 농사의 풍흉을 예
측하는 데 썼다고 한다. 그 구체적인 내용은 중국에서 전
해졌다고 하는데, 동짓날에 여든한 장의 꽃잎을 가진 흰
매화 한 가지를 그려 놓고 다음날부터 매일 한 잎씩 다른
빛깔로 칠해나가는데 그 꽃이 모두 칠해졌을 무렵이면 봄
이 무르익는 때가 되는 것이다. 이 시는 바로 이러한 구구
소한도의 풍습을 시적 제재로 해서 시상을 전개하고 있는
데, "동지부터 9일마다 점차 누그러져/ 9번째가 되는 날
추위 풀리리라"라는 구절이 구구소한도의 내용을 압축해
서 표현하고 있다.

  그런데 주목되는 점은 구구소한도의 매화를 색칠하며
봄을 기다리는 마음이 "둥글어져라, 모난 마음 궁글리며
색칠하면"이라는 표현에서 알 수 있듯이 모난 마음을 순화
시켜 둥글게 하는 과정이라는 것을 알 수 있다. 그리고 구

구소한도가 완성되어 봄이 오면 "젖은 발목 죄다 깨워 둥근 세상으로 나아가리라"라는 대목에서 알 수 있듯이, 봄이 온다는 것은 곧 둥근 세상이 완성되는 것으로 인식되고 있다. 마음이 둥글어진다는 것이나 둥근 세상이 도래한다는 것은 물론 여든한 장의 매화 꽃잎이 예쁘게 칠해진다는 것을 의미하지만, 9개의 꽃잎이 9번 반복되어 완성된다는 것을 의미하기도 한다. 그러니까 구구소한도의 완성이나 봄의 도래는 봄, 여름, 가을, 겨울로 계절이 순환하듯이 어떤 순환 질서의 회복과 관련되어 있음을 알 수 있는 것이다.

시인은 "집청전 정자 아래 푸른 물소리 점점 커진다"고 하면서 이러한 자연의 순환 질서의 회복이 청정함의 회복이기도 하며, "암각화에 새겨진 육중한 고래 한 마리 꼬리 치며"라는 구절을 통해서 생동감 있는 생명력의 회복이기도 하다는 점을 암시한다. 순환 질서의 회복이 청정함과 생명력의 회복일 수 있는 것은 카오스에서 코스모스로의 진전과 관련된 질서의 회복 때문일 것이다. 우리 조상들은 자연이 지닌 생명의 질서에 대한 회복을 염원하면서 한겨울 구구소한도를 그리며 버티었던 것인데, "조급한 사제들이 친절한 길을 문의하자/ 시간을 묻지 않는 자연처럼/ 부드러운 말씨로 질서를 지키라고 합니다"(「타로, 교황」)라는 표현처럼 자연은 시간 그 자체이며, 질서 그 자체를 상징하고 있기 때문일 것이다. 다음 작품에서도 질서로서의 자연이 그려지고 있다.

　　허공이 팽팽해진다

유리알같은 눈동자가 심하게 흔들린다

꽁지 아래 날름거리는 뱀의 혓바닥
언제 들이닥칠지 모를 맹금류의 공격
순식간에 영혼을 얼어붙게 만든다지

그냥 흐름을 타면 된다는데
아직 해독하지 못한 바람의 선율 들여다본다
다정한 나무와 나무 사이를 지나
깊은 협곡 너머 미지의 세계는 얼마나 아름다운 것인지

어깨 힘을 빼고 두 날개로 바람을 꼭 껴안는다
첫 비행 날갯짓 소리 공기를 조율한다
깃털의 파동이 우주를 움직이고
무수한 출구가 열린다
점점 벅차오르는 저 문들

쏟아지는 환호성이 기상 알람으로 재생된다

— 「첫 비행」 전문

둥지를 벗어나는 어린 새의 첫 비행이 시적 대상이다. 수
영이든, 자전거 타기든, 비행이든 처음이 어려운 것은 곧
자연의 질서를 체득하지 못했기 때문이다. 물의 흐름과 부
력을 탄다든가, 중력의 작용에 대해 균형을 유지한다든가,
기류의 흐름을 타서 상승을 유지하는 것은 모두 자연의 이

치를 적절히 이해하고 그것과 보조를 맞추는 균형감각이 필요한데, 그러한 감각이 생득적으로 얻기는 어렵고 후천적으로 습득해야 하는 것이다. 이 시에서 첫 비행의 어려움이 다양하게 암시된 이유는 바로 이러한 이유 때문일 것이다.

그 어려움의 핵심적 실체는 "그냥 흐름을 타면 된다"는 것이다. 그런데 그냥 흐름을 탄다는 것이 말은 쉽지만 실천으로 이루어지기는 여간 어려운 것이 아니다. 흐름을 탄다는 것은 "아직 해독하지 못한 바람의 선율을 들여다보"는 것과 같이 자연의 이치와 흐름을 파악하는 것이며, 그 이해를 바탕으로 "어깨 힘을 빼고 두 날개로 바람을 꼭 껴안는다"라는 실천을 행하는 것인데, 이러한 인식과 실천이 모두 쉽지 않기 때문이다. 사실 자연의 이치와 흐름을 파악하고, 어깨의 힘을 빼고 바람을 껴안은 것과 같은 실천을 한다는 것은 자신의 습관과 관습을 버리고 자연의 질서를 자신의 것으로 받아들이는 것과 같다. 한마디로 자연의 질서를 체현하는 것이다. "첫 비행 날갯짓"이 "공기를 조율한다"고 하거나 "깃털의 파동이 우주를 움직"인다고 표현한 것은 바로 나는 새가 자연과 하나가 되었다는 것을 의미한다. 자연의 질서에 완전히 녹아들었기에 공기도 조율하고 우주를 움직일 수도 있기 때문이다.

시인은 자연과 하나가 되었을 때의 새로운 세계가 열릴 수 있음을 암시한다. "깊은 협곡 너머 미지의 세계는 얼마나 아름다운 것인지"라든가 "무수한 출구가 열린다/ 점점 벅차오르는 저 문들"이라고 하면서 새로운 세계의 개벽과 그것의 아름다움을 강조하고 있는 것이다. 자연의 질서와 하나가 되어 자연의 눈으로 바라보는 세상이 어찌 그렇지 않겠는가? 매 순간 변화하여 쉬지 않는 삼라만상의 눈으로 보면 세상은 일신우일신日新又日新의 모습일 것이기 때문이다. 자연의 질서를 다룬 시를 한 편 더 읽어본다.

物과 친해지려고 아쿠아로빅을 시작했어
생존 수영부터 해야지, 하는 응답에
물의 공포가 목을 조른다
반짝 세일이라는 긴 줄 끝 코다리 한 팩을 안는다
황금 레시피를 검색하며
토막 난 코다리의 지느러미를 가위로 자른다
싹둑, 물살의 저항에 휘청이며
솟구치는 파도의 진동 속에서 균형을 맞춘다
어느 방향으로 가야 잘 흘러가는 걸까

너와 친해지려고 관심을 가지기 시작했어
잡힐 듯 말 듯
물고기처럼 날렵하게 달아나는
너를 향해 헤엄치다 수없이 가라앉는다
잠이 오지 않는 밤
지느러미는 점점 늘어나고
깊이를 알 수 없는 바다 같은
너를 힘껏 껴안기 위해 끝없이 유영한다

— 「지느러미가 자라는 밤」 전문

"물과 친해진"다는 것은 물의 부력이나 흐름과 하나가 된다는 것을 의미한다. 구체적으로 그것은 "물살의 저항"을 온전히 몸으로 느끼는 것이며, "솟구치는 파도의 진동 속에서 균형을 맞춘다"는 것을 의미한다. 그러니까 물의 속성을 제대로 파악하고 그것의 흐름과 파동, 부력 등의 다양한 속성을 온몸으로 수용하여 하나의 물결과 흐름을 형성한다는 것을 의미하는 것이다. 시적 화자는 이러한 합일과 적응을 온전히 이루기 위해서는 물고기의 지느러미가 필요하다고 생각한다. 그가 "반짝 세일이라는 긴 줄끝 코다리 한 팩을 안"고서 "토막 만 코다리의 지느러미를 가위로 자르"는 것은 바로 그러한 지느러미를 얻고자 하는 상징적 행위라고 할 수 있다.

　그러니까 결국 수영을 배운다는 것은 물의 속성과 성향을 파악하여 그것의 질서에 적응한다는 말이 되며, 그것은 곧 물의 질서에 참여한다는 것과 다르지 않다. 곧 물과 하나가 되는 자연의 질서를 체현함으로써 수영이라는 것을 체득하는 셈인데, 그것은 또한 물고기의 지느러미를 하나 생성하는 존재의 변신을 필요로 하는 것이기도 하다. 시인은 이러한 자연과의 조화를 좀더 밀고 나가서 "잡힐 듯 말 듯" 달아나는 "너와 친해지려"는 인간관계의 영역으로 확장한다. 그러니까 자연의 질서를 체득하는 것은 곧 인간관계의 형성이라는 윤리적 덕목과도 합치하는 일이며, 그것은 지느러미를 만드는 것이 곧 인간관계에 필요한 윤리적 덕목을 습득하는 것에 대한 하나의 은유일 수 있음을 암시한다.

여기서 윤리적 덕목이라는 것이 특별한 것은 아니며 미루어 추측해 보면, 자연의 질서에 따르는 순리, 자연의 질서에 부합하는 조화와 같은 것이 될 것이다. 그러니까 자연의 질서는 곧 인간관계의 윤리적 영역과 대위적 구도를 형성하면서 그것에 준칙과 규범을 제공하고 있는 셈이다. 자연이 인간의 삶의 영역, 인간관계와 윤리적 영역에 어떻게 틈입하여 영향을 미치는 지를 좀 더 구체적으로 살펴보자.

3. 자연, 더불어 사는 지혜 혹은 문명의 근원

그만 럭비공처럼 또르르 굴러간다
신선한 아보카도를 고르다가 놓쳐
오렌지가 산더미로 쌓인 진열대 밑으로 사라진
아무리 허리를 접어도 보이지 않는
삶도 사랑도 예측할 수 없는 곳으로 굴러갔지
모든 이별은 만질 수 없어
마침 나타난 과일 매니저에게 고백하고
카트를 끌고 돌아서는데
청록색 단단한 아보카도가 나를 따라온다
적당한 때를 기다려야 한다고
모든 건 변한다고
난 자꾸만 당신을 만져보고 싶어
튼실한 나무 색깔을 닮아가며 점점 말랑말랑해지는데
부드러움은 소통의 청신호

당신을 자꾸 끌어당기던 때가 흘러내렸어

조급해진 내가 벗어난 일상 속으로 돌아가고

퇴색한 사랑이 어느 순간 죽처럼 뭉개졌어

달콤하지도 상큼하지도 않은 하루가 접시 위 평온하다

— 「아보카도와 여행하기」 전문

"럭비공"과 같은 아보카도는 뜻대로 되지 않는 운명이라든가, 인간관계의 어려움에 대한 은유라고 할 수 있다. 그러니까 아보카도는 어디로 튈지 모른다는 것, "예측할 수 없는 곳으로 굴러가"서 그것을 돌이키거나 회복하는 것이 쉽지 않다는 것을 암시하고 있는 것이다. 그것은 시인이 생각하는 "삶도 사랑도" 마찬가지여서 "만질 수"도 없고, 장악할 수도 없는 성질을 지니고 있다. 그렇다면 럭비공과도 같은 삶과 사랑, 그리고 인간관계를 시인은 어떻게 운용해야 하는가?

"적당한 때를 기다려야 한다"는 것, 그리고 "튼실한 나무 색깔을 닮아가며 점점 말랑말랑해"져야 한다는 것, 그리고 종국적으로 "부드러움"을 이루어야 한다는 것으로 귀결된다. 결국 조급한 것이 문제인 셈인데, "난 자꾸만 당신을 만져보고 싶어"라든가 "당신을 자꾸 끌어당기던 때" 등의 표현이 때가 무르익지 않았음에도 불구하고 일방적으로 무리하게 상대방과 관계를 형성하려 했던 집착과 악착을 암시한다. 성급하고 조급한 접근은 럭비공처럼 예측할 수 없는 곳으로 굴러가는 삶과 사랑을 제어하거나 통제할 수 없는 것이다. 적당한 때를 기다려 말랑말랑해지고,

부드러워지는 것은 "사랑이 어느 순간 죽처럼 뭉개지"는 것이기도 하고, "달콤하지도 상큼하지도 않는 하루"가 열리는 지평이기도 하지만, "평온"을 이루는 순간이기도 하다. 그러니까 평온이란 나와 상대방이 어떤 균형상태에 도달해 있는 상황이며, 그러한 점에서 편안하고 고요한 자연의 질서를 회복한 상황이기도 하다.

시적 화자는 이러한 상황에 도달하게 된 것은 물론 자신의 독단적인 충동과 욕망을 억제하고 상대방과 부드러움을 통해서 소통하려 했기 때문이다. 그것은 곧 자신의 개인적인 집착에서 벗어나 "적당한 때"라는 자연의 이치에 합류한 것을 의미한다. 시적 화자의 이러한 각성과 태세 전환은 "우리가 다정하게 교감하려면/ 내 안에 돋아난 각을 지워야 해/ 때론 작은 틈새가 고마운 숨길이 된다"(『프리솔로 등반』)라는 구절에서 말하고 있듯이 자신의 "각"을 지우고 외부의 의지가 스며들 "틈새"를 만들었기 때문인데, 이 때 외부의 의지란 곧 자연의 질서가 암시하는 윤리적 가치로서 포용과 배려, 혹은 순응과 순리의 덕목일 것이다.

요술 상자를 선물 받으러 가는 길 나무가 나무를 업고 가고 나는 나를 업고 가지요 명징한 새소리가 문어발처럼 연결된 걱정코드를 잘라요 가까운 정자에서 팬플룻연주가 끌어당겨요 철새는 날아가고, 활력 넘치던 날도 날아갔어요 요술 상자에는 넉넉한 산, 윤슬을 미끄럼 타는 흰뺨검둥오리, 거꾸로 선 나무를 품에 안은 뭉게구름, 별을 입에 문 백로, 연녹색의 오랜 고요가 담기지요

바닥이 드러난 호수에 인공눈물을 주입해요 나의 요술
상자는 예전에 많은 것을 담으려고 눈썹을 치켜올렸지
만 이제 제대로 작동하지 않아요 매일 태어나는 안약이
모인 호수를 노 저어 가야해요 맞은편 기슭에 벗어둔 빨
간 구두는 언제 신을 수 있을까요 보이는 것과 보이지 않
는 것의 크기를 조절해요 조화롭게 섞는 기술은 어려워
요 한때 뚜껑을 여닫을 때마다 흘러내리던 당신은 물수
제비로 번져가요

— 「바라만 보아도」 일부

아름다운 이 시의 시적 대상이 되고 있는 "요술 상자"는
물론 삼라만상을 비추고 있는 "호수"를 지칭하는 것이지
만, 그것은 또한 하나의 제유로서 더 큰 의미의 대자연을
의미하기도 한다. 대자연으로서의 호수에는 만다라처럼
삼라만상이 비춰지고 있는데, 나무가 있고, 시적 화자가
있으며, 새소리와 철새, 산과 윤슬, 흰뺨검둥오리와 뭉게
구름, 백로와 연녹색의 고요가 담겨 있기도 하다. 또한 정
자도 있으며, 팬플룻 연주가 이루어지고 있기도 한데, 이
러한 구도는 대자연의 교감과 화음에 대한 상상을 촉발하
기도 한다.

그런데 두 번째 연의 시적 전개를 보면, 자연의 반영 작
용은 과거처럼 온전하지 않고, 호수의 물 또한 메말라서
"인공눈물을 주입해"야 하는 상황에 처해 있다. 이러한 시
적 구도는 파괴된 자연의 질서와 작용을 암시하고 있는데,

"이제 제대로 작동하지 않아요"라든가 "조화롭게 섞는 기술은 어려워요" 등의 구절들이 그러한 사태를 시사한다. 물론 이러한 진술에는 파괴된 자연의 원인도 암시되고 있는데, 요술 상자인 호수를 "인공눈물"이 지배하게 되었다는 것, 조화를 상실하게 되었다는 것 등을 떠올릴 수 있다. 시의 마지막을 장식하는 이미지, 즉 "한때 뚜껑을 여닫을 때마다 흘러내리던 당신"이 "물수제비로 번져가"는 이미지는 자연스러움과 평온이 깨진 상황의 히스테리컬한 모습, 혹은 신경질적인 반응을 연상시키는데, 이러한 이미지는 곧 삼라만상을 조화롭게 비춰주던 요술 상자의 모습과 대조를 이루면서 현대인에게 삶의 지침을 시사한다. 아마도 그것은 다음 작품에서 강조하는 '그늘막'과 같은 삶의 자세일 것이다.

한여름 건널목에 대형 파라솔이 펼쳐진다
청신호가 오는 동안 둥근 그늘막은 천국이다
오전 9시의 생각이 시소를 끌어 올리고
정오의 생각은 쿵, 바닥을 친다
숨이 턱 막히는 열기를 피해
모자 그늘 밑에 숨은 사람
태양을 얹은 안전모는 쉴 새 없이 비지땀을 퍼올린다

TV를 들어낸 자리에
나무가 그려진 벽지를 바른다
자고 일어날 때마다 잎이 무성해진다

나뭇잎이 바람에 흔들린다

그늘이 점점 넓어진다

널뛰는 생각과 생각 사이

가끔 그 숲 그늘에서 잠을 잔다

치열한 생애 거침없이 직진하다가

늘그막에 잠시 멈추라고 시간의 그늘막을 편다

—「그늘막」 전문

　"그늘막"이 의미하는 메시지는 별다른 것이 아니다. "숨
이 턱 막히는 열기"를 뿜어내는 태양이 작열할 때는 그것
을 피해 쉬어야 한다는 것, 그것은 곧 자연의 이치이기도
하다는 것이다. "태양을 얹은 안전모는 쉴 새 없이 비지땀
을 퍼올린다"는 대목에서 알 수 있듯이 뙤약볕의 노동은
자연의 이치에 어긋한 일탈이다. 그것은 구체적으로 "오전
9시의 생각이 시소를 끌어 올리고/ 정오의 생각은 쿵, 바
닥을 친다"라는 구절에서 확인할 수 있는데, 시소가 바닥
을 쿵 하고 치게 하는 정오는 앞서 자연의 이치로 강조했
던 균형감각을 상실한 상황을 암시해주기 때문이다.

　그렇다면 균형감각을 회복하는 길은 무엇인가? "TV를
들어낸 자리에/ 나무가 그려진 벽지를 바른다"는 구절이
그 방법을 암시하고 있다. 문명을 들어내고 그 자리에 자
연을 들어 앉혀야 한다는 것, 그리고 "점점 넓어지는" "숲
그늘"을 만들어야 한다는 것, 그리하여 "늘그막에 잠시 멈
추라는 시간의 그늘막을 펴"는 생활을 실천하는 것이 바로

그것이다. 그러니까 나무를 심어서 그늘막을 만들고, "가끔 그 숲 그늘에서 잠을 자"면서 시간의 흐름을 멈추는 삶을 실천하는 것이다. 여기서 시간을 잠시 멈추도록 하는 것은 자연의 질서와 규범을 벗어나는 것은 아니다. 그것은 인공과 문명의 시간 감각에서 벗어나 자연의 느리고 유장한 시간 속으로 귀의하는 것을 의미한다. 그러니까 시간을 멈추게 하는 행위는 자연의 질서 속으로 복귀하는 것을 의미하기도 하는 셈이다. 자연이 삶의 규범과 준칙이 되는 것을 다시 한번 확인할 수 있거니와 그것이 지닌 근본적인 의미는 다음 시에서 좀 더 분명해진다.

> 그가 한뎃잠을 잔다
> 아파트 단지를 산책하던 중
> 멈칫 발걸음을 멈춘다
>
> 벤치 위에 길게 누운 남자
> 아차, 하는 순간 죽음의 방패인 헬멧 벗어두고
> 사막의 열기나 쏟아지는 폭우에도
> 미로 같은 세상 헤쳐나가던
> 오토바이는 잠시 휴식중이다
> 반쯤 열린 손아귀 속 목줄인 휴대폰도 졸고 있다
>
> 새들도 대화를 멈추고 나뭇가지 흔들며
> 포르르 날아오른다
> 싱그런 초록노래 무한히 흘러나오는 아늑한 그늘 아래

그는 스스로 단잠을 주문하고 배달 중이다

부릉부릉, 고단한 일상을 끌고
당신의 환한 표정을 향해
그가 요란스런 삶의 바퀴를 닦으며
천천히 질주의 중심으로 굴러 들어간다

― 「질주의 중심」 전문

그리 어렵지 않게 시상의 전개를 파악할 수 있는 작품이
지만, 내포하고 있는 메시지는 결코 예사롭지 않다. 오토
바이를 타고 배달을 하던 배달원이 그 오토바이를 세워두
고 아파트 단지의 벤치에서 "한뎃잠"을 자고 있다는 것이
시적 사건의 전부이다. 물론 그 배달원은 배달에 지쳐 쓰
러져 잠들었겠지만 그 광경이 함축하고 있는 의미는 단순
하지 않다. 배달원은 "죽음의 방패인 헬멧을 벗어두고" 잠
들고 있으며, 그에 따라서 "미로 같은 세상 헤쳐나가던 오
토바이"도 "잠시 휴식 중이"고, "목줄인 휴대폰도 졸고 있
다." 그러니까 고달픈 배달원이 잠들어버리자 문명의 이기
利器이기도 하고, 배달원을 묶어 두기도 했던 구속물인 헬
멧, 오토바이, 핸드폰 등이 모두 휴식을 취하게 된다.
　문명의 이기들이 모두 무대에서 사라지자 등장하는 것
이 자연이다. 이 배달원이 잠든 벤치라는 무대에 새들이
등장하여 "대화를 멈추고 나뭇가지를 흔들"기도 하고, "포
르르 날아오르"기도 한다. 또한 "아늑한 그늘 아래"로는
"싱그런 초록 노래"가 "무한히 흘러나오"기도 한다. 그러

니까 배달원의 한뎃잠은 문명의 영역에서 자연의 영역으로 넘어간 것이기도 한데, 그는 "스스로 단잠을 주문하고 배달 중"에 있다. 시인은 이러한 배달원의 단잠을 "질주의 중심"이라 명명한다. 그러니까 배달원의 단잠은 온 땅을 울리는 지진의 진앙점과도 같은 것이며, 무시무시한 강풍을 일으키는 태풍의 눈과 같이 현대문명의 중심, 즉 속도전과 질주라는 생활 방식의 토대나 근원과 같은 위상을 차지하고 있는 셈이다.

배달원의 단잠은 인공과 문명으로부터의 일탈이었으며, 자연으로의 귀의이기도 했다. 따라서 배달원이 질주의 중심이라는 구도는 곧 자연이야말로 문명의 근원이며 토대라는 메시지를 함축하고 있는 셈이다. 치유와 정화로서의 자연의 의미, 조화와 순리로서의 자연의 이치, 그리고 윤리적 덕목의 준칙으로서의 자연의 질서를 거쳐 문명의 근원으로서의 자연의 의미에 이르는 길이 바로 김명옥 시인의 이번 시집이 지닌 사유의 행로라고 할 수 있다. 자연을 붙들고 씨름한 시인의 시적 사유가 깊고 그윽한 경지에 이르러 복욱한 정취를 발하고 있는 장면이기도 하다. 속도전과 질주로 인해 소진되는 사회, 과로가 누적되는 피로 사회로서의 현대사회에서 현대인들에게 미치는 자연의 의미와 그것의 역능에 대해 시인이 더욱 심오한 성찰을 통해서 좀더 그윽하고 웅숭깊은 경지를 개척해 주기를 바라본다.